旦那様は恋人を拾う

間之あまの

幻冬舎ルチル文庫

CONTENTS ✦目次✦

旦那様は恋人を拾う

✦イラスト・花小蒔朔衣

✦カバーデザイン＝久保宏夏（omochi design）
✦ブックデザイン＝まるか工房

旦那様は恋人を拾う

【1】

十一月は霜月《しもつき》という名の通り、朝夕の冷え込みが厳しい。それも末の頃の早朝ともなれば、なおさらだ。

庭に踏み出した草履《ぞうり》の下で、ザクリと音がたった。

「あ、霜柱《しもばしら》……」

この冬初だ。今朝は一段と冷え込んでいると感じたのは気のせいではなかったらしい。

六花《りっか》は寒いのが苦手だけれど、嫌いではなかった。

(寒い方が綺麗《きれい》に仕上がるそうだし……)

京友禅《きょうゆうぜん》の反物《たんもの》を手にそう教えてくれたのは、大店《おおだな》の呉服問屋《ごふくどんや》「伊勢屋《いせや》」の若き店主、桐《とう》一郎《いちろう》だ。六花の命の恩人であり、仕《つか》えている主人でもある。

ピリピリと肌を切るような寒さの中、半纏《はんてん》の袖《そで》に手を隠し、白い息を吐いて広大な和風の庭園を横切っていきながら六花は思う。

(寒さで綺麗になれるのなら、僕、ずうっと外にいるのにな)

そんなことを半《なか》ば本気で考えてしまうくらい、六花は自分の外見が嫌いだった。緑色の瞳《ひとみ》に淡い茶色の髪、そして白すぎる肌。

本人に両親の記憶がなくても、それらは明らかに異国の血が混じっていることを示している。

せめて猫のような瞳だけでも隠したいと前髪を長く伸ばしているのだけれど、その髪自体が真《ま》っ直《す》ぐじゃないうえに明るすぎる色をしているから、効果のほどは怪《あや》しい。

自分の外見が黒目、黒髪の人々の間にあってどんなに奇異《きい》に映るものか、六花はよく理解していた。伊勢屋に来る客のほとんどが、異形《いぎょう》の者でも見るかのように嫌悪感をあらわにしたり、存在自体を無視したりするから。

そうされても当然だと思う。

六花自身でさえ、うっかり鏡を見たときにはぎょっとしてしまうのだ。慣れない人ならどれほど気味が悪いだろう。

（それなのに、旦那様《だんなさま》はおやさしい……）

尊敬してやまない店主は、こんな珍妙《ちんみょう》な外見をまったく気にする素振《そぶ》りもなくとてもよくしてくれ、むしろ褒めてくれさえする。

それはたぶん、六花が彼の庇護下《ひごか》にある子どもか弟、もしかしたら拾い猫のようなものだから。

十年前。まだ店主自身でさえ十七の少年だったにもかかわらず、彼は雪の中で来ない人を待ち続けて凍死しかけていた混血の子どもを拾ってくれた。おそらく当時、五、六歳だった六花を。

自分の年齢さえはっきりとわからないのは、拾われた直後に出した高熱でそれ以前のことを忘れてしまったせいだ。

だから六花の人生は桐一郎との出会いから始まり、以来、崇敬《すうけい》するやさしい彼だけが世界の全てだ。

(僕を拾ってくださったのが、旦那様のような素晴《すば》らしい御方《おかた》でよかった)

彼のことを思うといつも胸の奥がふわりとあたたかくなって、尊敬と感謝の念がふつふつと湧《わ》きあがってくる。

やさしくて、格好よくて、才能溢《あふ》れる経営者。

あんなに完璧な人は彼以外にこの世のどこにもいない。

たとえ店主本人が「そんなことないよ」と苦笑混じりに否定していても、六花にとっては絶対にそうなのだ。

ザクザクと霜柱を踏みしめながら橋のかかった池の脇《わき》を通り、大きな松の木の下をくぐる。

目指すは敬愛する店主の起居《ききょ》している離れ、その脇に植えられた南天《なんてん》の木だ。

近づくにつれて、無意識に歩みが慎重になった。

部屋の中まで霜柱を踏む音が聞こえないことくらいわかっていても、万にひとつでも主人の睡眠の邪魔《じゃま》をする危険を冒したくはないから。

（ゆうべは旦那様、ずいぶん遅く帰ってこられたみたいだし……）

そろそろと気をつけて歩《ほ》を進め、目的の南天の前に立つ。

少し首を伸ばして離れの広縁《ひろえん》に面したガラス戸越しに中を見れば、きっちり閉まった障子《しょうじ》が開く気配はない。ほっと一息ついてから、半纏の袂《たもと》から鋏《はさみ》を取り出した。

六花は側仕《そばづか》えとして、店主の隣の部屋を与えられている。襖《ふすま》で隔てられただけの隣室なのに、ゆうべは主人が何時頃戻ったのか気付くことができなかった。

（ちゃんと起きて、お出迎えしたかったのにな……）

できるだけ音をたてないように気をつけて枝振りのよい南天を切りながら、ふっくらした唇を小さく噛《か》む。

外出前、店主は「今夜は遅くなるかもしれないから先におやすみ」と言ってくれていた。だけど側仕えとしては主人より先に寝るわけにはいかない。六花は張り切って枕元に大好きな本を積み、読書に夢中になると時間を忘れる質《たち》を生かして彼を待つつもりだった。

この作戦は、途中までは成功した。

気付いたら一冊読み終えていて、時刻は日付が変わる目前。二冊目を読み終えたときには、たぶん二時を回っていた。しかし問題は三冊目からだ。

薄暗い部屋で読書を続けたせいか目がしぱしぱとしょぼついて、そのうちまぶたが重くなり、最後には開けていられなくなってしまったのだ。

結果、主人の帰りを待たず夢の中へ。

一生お側に置いてもらうためにも少しでも役に立ちたいのに、ただ起きて待っていることさえできない自分が情けなくてほとほと嫌になってしまう。

パチン、と最後の枝を切って腕に抱いた六花は、凍《こご》える手で鋏を袂に戻した。冷えやすいせいか、すでに感覚が覚束《おぼつか》なくなりつつある。そろそろ母屋《おもや》に戻らないと。

きびすを返せば、腕の中で枝をしならせているたわわな赤い実が朝の光を受けてつややかに輝いた。

「……綺麗だなあ」

つい足を止めて、まぶしげに目を細める。

南天の実は丸くて赤く、葉は濃い緑色。この派手な色合わせは外国の「クリスマス」の絵本でよく見るものなのに、なぜかこの木には不思議に日本的な風情《ふぜい》がある。しかもその名は『難を転じる』に通じるなんていって、多くの人に好まれているのだ。

「……目立つ色合いなのは一緒なのに、僕とは大違いだ……」

馬鹿なことを言う、といわんばかりにひゅうと吹いてきた風の冷たさに身をすくめ、六花は小さく苦笑した。こんな寒い中で南天を羨《うらや》んでいても仕方ない。

再び足を踏み出すのとほぼ同時に、すぐ近くでカラリと引き戸が開く音がした。はっとして足を止めれば、低いけれど、やさしくてどこか甘い声が鼓膜《こまく》を震わせる。

「おはよう、六花。何してるんだい？」

「旦那様……！　おはようございます」

呼ばれなくても、急いで離れの広縁に駆け寄る。

着流しの長身を中庭に面した戸にもたれさせるようにして立っている彼は、六花が尊敬してやまない店主の桐一郎だ。

さらりとした黒髪に切れ長の瞳、端整でやさしげな美貌は大店の店主というより歌舞伎《かぶき》の二枚目とか花形役者だとか言われた方がよほど納得がいく。

しかし実のところ、桐一郎はその美貌や若さによらずおそろしいほど明晰《めいせき》な頭脳の持ち主であり、慧眼《けいがん》の経営者だった。

早々に病没した父親の跡目を継いだ彼は弱冠《じゃっかん》十八にして伊勢屋の店主になった。以来、政府が西洋化を推進しているという逆境にもかかわらず右肩上がりに業績を伸ばし続け、事業の手を広げている。

曰《いわ》く、「他人と違う部分こそが商売の利になる」のだとか。

桐一郎が継いだ時点で伊勢屋はすでに間口十間《けん》をゆうに超える、近隣に知らぬ者のない大店だった。顧客の多くは祖父の代からの馴染《なじ》み、すなわち裕福だが年配の人が圧倒的に多く、必然的に扱う商品は高級だが地味なものばかり。そんな呉服問屋を取り仕切る店主として信用されるには彼は若すぎ、見目《みめ》が整いすぎていた。実際に離れていった客もいたという。

しかし桐一郎にとってはそれこそが商売の好機だったらしい。

あえて自ら店に出て接客にあたり、彼を目当てに若い女性客が増えるのに合わせて華やいだ柄の品や手頃な価格の小物を取り揃《そろ》えた。新進気鋭の作家の作品も積極的に店に置き、そのうちの何名かは今や全国的に知られる売れっ子だ。多種多様、そのうえ時代を先取りした品揃えは話題となり、客が客を呼ぶようになった。

一方で、本来の売りである高級品にもテコ入れするのを忘れなかった。

自ら腕のいい職人たちや悉皆屋《しっかいや》を見つけ出しては専属契約を結び、高品質の品を確実に提供できるようにして古い馴染み客からの信用も勝ち取ったのだ。

今では伊勢屋本店のみならずあちこちに支店を構え、百貨店にも品物を卸《おろ》し、一店舗の旦那というよりはもはや事業家と呼ぶべき規模で仕事をしている。

そんな人だからこそ当然常に多忙を極《きわ》めている。側に仕える身としては、時には睡眠時間さえままならない主人を気遣わずにはいられない。

「朝食までお時間がありますから、まだ寝ていらしてもよかったのに……。もしかして、僕がうるさかったですか？」

「いや。庭を見たら六花がいてびっくりしたくらいだよ」

ふ、と微笑《びしょう》した桐一郎は、長身を屈《かが》めてくしゃりと髪を撫《な》でてくれる。店主には撫で癖があるのだけれど、それは今日も健在らしい。

するりと頰《ほお》に触れた彼が瞳を曇《くも》らせた。

「……すごく冷えてる。いつから外にいるんだい？」

「つ、ついさっきです」

「ああ……、六花は冷えやすいからね」

あたためようとするかのように大きな手で頰や耳を包みこまれて、ドキドキしてしまう。

拾ってもらって以来毎日顔を合わせているというのに……、しかも同性だというのに、店主に見つめられたり触《ふ》れられたりすると急に心拍数が上がってしまう。

それは六花には不思議な現象なのだけれど、きっと不思議に思う方が失礼に違いない。

なんといっても『呉服屋の歩く広告』という異名《いみょう》を持ち、微笑《ほほえ》みだけでどんな客でも骨抜きにしてしまうのが桐一郎だ。

彼が着用した着物や小物は「さすが呉服屋の店主は伊達《だて》だ」なんて手放しで褒められ、「息子に」「父に」「夫に」と即日完売することも珍しくない。……実際は六花が修業も兼ねて一式用意させてもらっているから、洒落《しゃれ》て見えるのは着ている人がいいというだけのはずなのに。

（それにしたって……こんなにドキドキするなんて、僕の心臓がおかしいのかな……）

あたたかい手の心地よさにうっとりと目を細めながらも、昔はもっと平気だった気がするだけに何かの病《やまい》ではないかと六花は少し不安になる。普段はなんともないからやさしい店主には相談できないでいるけれど。

「……ところで六花」

ほんのりと頬に体温が移ってきたところで、店主は南天の束に目を向けて少し首をかしげた。

「どうしてお前が女中の仕事をしているんだろうねえ？　それは床《とこ》の間《ま》に飾るものだろう。誰に押し付けられたの？」

「お、押し付けられてなんかいないです！　僕が自分からお手伝いを申し出たんです」

たしかに寒い冬場は、六花が断らないのをいいことにお花当番を押し付けてくるちゃっかり者の女中もいる。けれど今回は違うのだ。

慌てて否定すれば、にこりと桐一郎が笑った。

「今日の当番は誰だったかな？」

「おヨシさんです」

笑顔につられて勤勉な女中頭の名を素直に答えれば、店主は考えこむように少し眉根《まゆね》を寄せる。

「ふうん……、おヨシさんなら押し付けられたってことはなさそうだね。六花、どうして手

伝おうと思ったんだい？　お前はかなりの寒がりだろうに」

　赤くなっているらしい鼻を軽くつまんだ彼に問われて、頬が染まってしまう。自分でもお節介《せっかい》かな、と思わないでもなかったけれど、放っておけなかったのだ。

「あの、おヨシさんの手が……あかぎれですごく痛そうだったので……」

「そうか」

　店主が納得したように頷《うなず》いた。褒めるようにくしゃくしゃと髪を撫でてくれる。

「六花が気付いてくれてよかったよ。水仕事をしてくれている女中たちのために、今日にでも良庵《りょうあん》先生にあかぎれの薬を持ってきてもらおう」

　腕のよい医者が作った薬はよく効《き》くけれど、入手の難しい材料も使ってあるためかなり値が張る。女中たちは大喜びだろう。

　自分のような若輩者の意見にも耳を傾け、下働きの者にまで心配りをする懐《ふところ》の深さ。非の打ち所のない人というのはまさに彼のことだ。

　崇《あが》めるような瞳を向ける六花の頭上で、店主がつと空を見上げた。形のよい唇からふわりと白い息が漏れる。

「それにしても今日は冷えるねえ。近いうちに雪が降るかな……」

　一気に血の気《け》が引いた。いまさらながらに彼が羽織《はおり》も羽織《はお》っていないことに気付く。

「すみません、気がつかなくて……！　早くガラス戸をお閉めになって、お部屋で火鉢《ひばち》にあたってください！」

「いや、そんなつもりで言ったんじゃないんだが……」

「どういうつもりでも、旦那様がお風邪《かぜ》を召したら大変です！」

中に入ってもらおうとびくともしない長身を失礼にならない程度に懸命に押していれば、くすりと笑った桐一郎が観念したように一歩引いてくれた。

急いでガラス戸を閉めようとする冷えきった手の上に、あたたかくて大きな手が動作を遮《さえぎ》るように重ねられる。戸惑いの目を向けたら、主人がにっこりした。

「六花、三分以内にその南天をおヨシさんに渡して私の部屋においで。間に合わなかったら、私のぶんの朝食の魚はお前が食べなくてはいけないよ」

「ええ……っ⁉」

「ほら、早く。もう五秒たった」

くすくす笑いながら店主は懐中《かいちゅう》時計を出し、驚いていつもより大きくなった緑色の瞳の前にそれを掲《かか》げる。着々と動く秒針に急《せ》かされるように、思わずきびすを返して走り出してしまった。

（だ、旦那様ってば、また……！）

親代わりの桐一郎は六花の食が細くて体が小さいことを気にしているのか、しょっちゅう自分のおかずを分けてくれようとする。本来なら食べ盛《ざか》り、おかずが増えるのは歓迎すべきことなのだけれど、主人の食事を減らすなんて六花にはとんでもないことだ。

だから南天の枝から実が落ちないように気遣いながらも懸命に女中頭の元へ急ぎ、台所で南天を渡すなり回れ右をして広大なお屋敷の廊下を再び必死で駆けた。本当なら活《い》けるお手伝いまでしてあげたかったけれど、そんな余裕はない。

「も……っ、戻りました……っ」

離れにある店主の自室前にすべりこむように正座して、ぜいぜいと肩で息をしながら襖《ふすま》の向こうに声をかける。

「おはいり」

どこか笑みの混じった応えにスルスルと襖を開けると、手でさわれそうなくらいに暖かい部屋の空気に迎えられた。

「三分は長すぎたな。今度から二分にしよう」

「こ、困ります……！」

予想通り、店主は楽しそうに笑いながら火鉢の横で手招いている。

まだ乱れている息をなんとか整えながら向かえば、彼の隣、両手で抱えるのがやっとなくらい大きな達磨《だるま》火鉢の前に座らされた。

（わ……、あったかい……）

放射される熱にほうっと息が漏れる。

走ってきたおかげで体は少しあたたまったけれど、手足が冷たいから火鉢にかざしてあぶりたい誘惑にかられてしまう。しかし手はともかく足はさすがに火鉢にかざせないし、店主の用事が何よりも優先だ。

気を引き締め直してきちんと正座で向き合う六花に、店主はやさしい声で命じた。

「足をこっちにやってごらん」

「足……ですか？」

きょとんと首をかしげつつも素直に正座を崩すと、足袋《たび》を履《は》いた両の足首をひょいと摑《つか》まえられ、主人の膝《ひざ》の上にのせられてしまった。驚きすぎて息が止まりそうになる。

「だ、旦那様……!?」

「やっぱり氷みたいに冷たくなっているねえ。六花は手足が冷えやすいのだから、霜焼《しもや》けにならないように気をつけないと」

そう言いながらつま先から血行を促《うなが》すように揉《も》み始める。凍えきったつま先にじんわりと手の熱が沁《し》みて、ため息が出るほど心地いい。店主の膝に足をのせているという非礼も忘れそうになるくらい……。

「……あっ、いけません！　もう大丈夫ですから離してください！」

すぐさま我に返って足をどかそうとしたけれど、店主の手は軽く押さえているだけのようでがっちりと摑《つか》まえて離してくれない。

「まだつま先が冷たいよ。なに、遠慮することはない。私がやりたくてしていることだから」

「でも……っ、旦那様にこんなことをしていただくなんて……！」

このままでは申し訳なくて落ち着かない。

ほとんど半泣きになってなんとかして足を取り返そうとしていると、ふいに桐一郎は悲しげに瞳を伏せた。

「六花にそんな顔をさせるつもりはなかったんだがなあ……。すまない、お前は寒さに弱いからと思ってしたことだったけれど、私の自己満足だったようだ」

「違《ちが》……っ、そんなことありません、旦那様！　すごくありがたくて嬉《うれ》しいです！」

「だろう？」

慌てて否定するのを待ちかまえていたかのように、にっこり笑って返される。

あまりの変わりようにぱしぱしとまばたきをしてから、ようやく六花は気付いた。

「お芝居《しばい》だったんですね……!?」

「押して駄目なら引いてみるのは常道《じょうどう》だろう？　遠慮深いのは六花の美点のひとつだけれど、人の好意は素直に受け取るものだよ」

いかにも機嫌よさげに諭《さと》されて、何も言えなくなってしまう。

（……旦那様って、ときどき笑顔で強引だ……）

だからこそ経営者として優れているのだろうが、仕えるべき主人にこんなことをしてもらうなんて申し訳ない。申し訳ないけれど彼に逆らうことなどできない六花は、恐縮しつつも観念して彼の手に足を任せるしかなかった。

大きな手はあたたかくて、やさしくて、触れられているところからだんだんやわらかくなっていくような気がする。

「うん、ようやく血の気が戻ってきたね」

すっかりあたたまって指先までぽかぽかになってから、店主が足を解放してくれる。

「……ありがとう、ございました……」

心から礼を言って座り直した六花の顔を見て、桐一郎がくすりと笑った。

「六花、眠そうだねえ？」

「ね、眠くないです……っ」

慌ててかぶりを振ったものの、実は図星《ずぼし》だ。

火鉢の熱と店主の手が気持ちよくて、とろとろとした眠気に襲われていたところだったのだ。ゆうべ夜更《よふ》かししたのがまずかったらしい。

笑った主人が六花の目の下を軽く撫でた。

「クマができてるよ。ゆうべは先に寝るように言っておいたのに、待っていたんだろう？」

「……すみません」

指摘通りなので頬を染めて謝れば、くしゃりと髪を撫でられる。

「謝ることじゃない。六花の性格はわかっているから、本当はもっと早く帰るつもりだったんだけどねえ……。でも遅くなっただけの成果はあったよ。現地で取り仕切ってくれる人と話がまとまったから、本格的に海外に店を出すことにしたんだ」

「か、海外って……、本気だったんですか……！」

「もちろん」

さらりと言われた内容で一気に眠気が吹き飛んだ。

それはたしかに、数年前に店主が「国内では和装より洋装が主流になっていくだろうから、まだ和装を扱う店自体がない海外に市場を拡《ひろ》げてみよう」と言っていたのは覚えている。店主の「他人と違う部分こそが商売の利になる」という理念は徹底しているのだ。

だからといって、まさかもう現地の管理人を含む具体的な内容を決めるところまで準備が進んでいたなんて。

「もしかして、最近よくお出かけされていたのは貿易会社を経営されているというお友達のところへ……？」

以前、その人に協力してもらって市場《しじょう》調査をすると言っていたことを思い出して聞いてみれば、あっさりと頷かれた。

「ああ。どうせならちゃんと儲《もう》けが出るようにしたいからねえ。調査結果を分析してみたら、国によって色や柄の好みがかなり違っていておもしろかったよ。アメリカで人気の柄が、フランスではまったく受けなかったりする」

そこまで把握《はあく》しているということは、出店の準備はもう万全ということだ。

いつものことながら、店主は涼しい顔のまま陰で人の何倍も働いて、なんでも一人でこなしてしまう。

（……僕じゃ大してお力になれないから、頼っていただけないのは仕方がないことだってわかっているけど……）

こんなに働いていては、いつか体を壊してしまうかもしれないのに。

六花はため息をつき、無意識に咎《とが》めるような上目遣《うわめづか》いを店主に向けた。

「……また、お忙しくなるのではないですか？　ちゃんとおやすみになる時間はとられてます？」

「六花は心配性だな。これでも人より体力はある方だから、睡眠が少なくても平気なことは知っているだろう？」

「それは存じてますけど……」

桜色の唇をわずかにとがらせる六花に気付いて、桐一郎はくすりと笑う。普段は従順すぎるくらい従順な側仕えだけれど、店主のためだけに稀《まれ》にこんな表情を見せる。

「いつも心配かけてすまないね。ちゃんと眠るように気をつけるから」

「ぜひともお願いします」

本気でお願いすれば、笑った彼にくしゃくしゃと髪を撫でられてしまった。

「そういえば六花、お前に昨日のお土産《みやげ》があるんだった」

「えっ、そんな、僕なんかにいけません」

慌てて手を振って遠慮するのに、桐一郎はにこやかな笑みを湛《たた》えたまま赤いリボンをかけた洒落《しゃれ》た装丁の本を掲《かか》げてみせる。

「イタリアの本だけど、興味ないかい？」

「イタリアの……？」

思わず瞳が本に吸い寄せられる。

拾われる前の記憶がほとんどないにもかかわらず、六花は初めからイタリア語の読み書きができた。それは髪や瞳に影響を与えた人物……つまり六花の親が、その国の人である可能性が高いということだ。

「六花は記憶を取り戻したいって言ってイタリア語を勉強しているだろう？　その助けになればと思って買ってきたんだがなあ」

目の前でひらひらと本を揺らされる。鮮やかな表紙絵が誘うようだ。

医者に「きっかけがあれば記憶が戻る可能性もある」と言われてから、六花は積極的にイタリア語を学ぶようにしていた。

記憶がないことをつらいとは思わないが、不安ではある。もし自分の出生《しゅっせい》が尊敬する恩人に迷惑をかけるようなものだったらどうしたらいいのか。店主は「つらい思い出だから忘れたのかもしれないし、無理することはないよ」なんてやさしいことを言ってくれるけれど。

ちなみに努力にもかかわらず記憶が戻る気配はまったくなく、代わりにイタリア語が随分《ずいぶん》堪能《たんのう》になった。今では分厚いイタリア語の本……、たとえばこの目の前の本でさえ、すらすらと楽しく読めるくらい……。

「本国でもとても人気があるらしいよ。本当にいらない？」

ただでさえ六花は本好き、しかも貴重な舶来品《はくらいひん》だ。誘惑の塊《かたまり》と言っていい。

しかし店主に面倒をみてもらっている身の上でこんな贅沢品《ぜいたくひん》を欲しがるなんて、図々《ずうずう》しいにもほどがある。

きゅっと目を閉じて遠慮しようとしたら、苦笑した桐一郎に遮られた。

「六花、欲しいなら欲しいって言っていいんだよ」

困り顔でかぶりを振れば、彼はまた苦笑して六花が握りしめている手を取りあげる。

「せっかくお前のために買ってきたのだから、そう遠慮せずにもらっておくれ」

ためらっているうちに、半ば強引に渡されてしまった。表紙に並ぶアルファベットを無意識に目が拾う。

「……ピノッキオ？　どういう意味でしょう？」

「主人公の人形の名前だそうだ。命を持った人形の冒険物語らしいよ。読み終わったら感想を聞かせてくれるね？」

感想を述べるためには、素直にこの本をもらって読むしかない。

「……ありがとうございます、旦那様……！」

お土産をもらう決意をして本を抱きしめてお礼を言えば、彼がくしゃりと髪を撫でてくれた。

「そういえばピノッキオは、嘘《うそ》をつくと鼻が伸びるらしい」

朝食のために母屋へ向かう渡り廊下の途中で、桐一郎がふと思い出したように言う。

「もしそういうことが本当に起こるなら、今頃私の鼻は天狗《てんぐ》より遥《はる》かに長いだろうな。あんまり長くて、途中で折れているかもしれない」

「そんなこと……」

「あるよ。仕事がら、思ってもいないことを言うことも多いからねえ」

苦笑混じりの声に、六花はひたむきな表情で隣の長身を見上げた。

「それは仕方ないです。客商売とはそんなものですし、旦那様は店主ですから！　ほら、あれですよ、旦那様がこの前教えてくださった英語で言うなら『白い嘘』ってやつです」

正当性を懸命に訴えれば、彼はなぜか淡く苦笑する。くしゃりと髪を撫でられた。

「……なあ六花、もし私がお前にひどい嘘をついても、理由があれば許せるのか？」

「許せます」

「即答か……」

店主は苦笑しているけれど、六花にとっては当然のことだ。

六花にとって命の恩人の桐一郎は、尊敬すべき父であり、愛情深い兄であり、一生仕えるべき主人なのだ。彼こそが絶対なのだから、許す許さないの問題ですらない。

「……私のせいでどんなに傷ついても、本当に許せる？」

推《お》し量《はか》るような目でじっと見つめながら、桐一郎は確認するように聞いてくる。

その瞳の真剣さに妙な胸騒《むなさわ》ぎを覚えながらも、こっくりと頷いた。

「はい。旦那様にならら、何をされてもいいんです」

「そう」

なにごとか思案するように頷いた店主の肩越し、ガラスの向こうで、重たげな灰色の空からこの冬初めての雪がひらりと舞い落ちた。


店主が姿を現すと、店の空気が変わる。

それは従業員ではなく、女性客の気合《きあい》の入り方が変わるからだ。

広い店内を六花を連れて見回っている桐一郎の行く手を、いきなり華やかな着物の二人の女性が塞《ふさ》いだ。

「ああ桐一郎さん、いいところに来てくださったわ！　娘の雛《ひな》の節句《せっく》用に振袖《ふりそで》を誂《あつら》えたいのだけれど、桐一郎さんのお勧《すす》めはどれかしら？」

来たというか立ち塞がられた形なのだが、ぐいぐいと自慢の娘を押し出してくる婦人に店主は穏やかな笑みを返す。こういう客あしらいには慣れているのだ。

「そうですね……、お嬢様は色白でいらっしゃるから濃い色がお似合いでしょう。どう思う、六花？」

振り返って問われ、六花はおどおどした瞳を件《くだん》のお嬢様に向ける。

嫌そうに眉をひそめられてしまったけれど、とにかく店主から意見を求められたからには答えるしかない。懸命に似合いそうな組み合わせを考える。

桐一郎は「六花の色や小物の合わせ方が好きなんだ」と言ってよく意見を求めてくれるのだけれど、六花は本当は自分の意見を言うのが怖い。店主の側仕えとしてふさわしくないと思われてしまうかもしれないから。

けれども彼は意見を言わせる練習であるかのようにしょっちゅう聞いてくるし、案を出せば必ず採用してくれる。ごく稀に「あの組み合わせはよかったわ」なんて客が六花を認めてくれることもあるので、怖いけれどやりがいがあるといえばあるのだ。

「……雛の節句の頃でしたらまだ少し寒いでしょうから……、春らしい、やわらかい色味に濃い色を足してはいかがでしょうか。お嬢様のお肌のお色なら、襲《かさね》の色目でいう桜で合わせるのがお似合いのような気がします」

「……お前のような者に着物のことがわかるものですか」

ごく小さい呟《つぶや》きではあったものの、婦人の声はしっかりと耳に届いた。思わずうつむいて、一歩退《さ》がる。

こんな風に言われるのは慣れている。だからいちいち悲しくなってはいけない……そのくらい、わかっているのに。

(僕が、こんな姿だから……)

内容など関係なく最初から聞いてもらえないことを思うと、日頃から丁寧《ていねい》に指導してくれている店主に申し訳なくてじわりと目の奥が熱くなってしまう。

小さくなっていれば、くしゃりと大きな手が褒めるように頭を撫でてくれた。店主が客に向かって話す穏やかな声が、うつむいている耳に流れこんでくる。

「意外に思われるかもしれませんが、この子はとても色合わせがうまいんですよ。今日の私の着物もこの子が選んだものです。なかなかのものでしょう?」

「あ、あら……、そうですの?」

店主は何を着ても様《さま》になるのだから、あまり参考にならないんじゃないだろうか。

そう思ったものの店主の微笑《ほほえ》みの威力は素晴らしく、婦人と娘はほんのりと頬を染めて「たしかにいい色合わせだわ……」なんて言いだした。

「桜の色目なら卯《う》の花《はな》と唐紅《からくれない》ですから、準備させましょう。ぜひお試しになってください。きっとお似合いですよ」

「桐一郎さんがそうおっしゃるなら……」

同意した二人を他の従業員に任せると、桐一郎は六花を連れてさらりとその場を離れてゆく。

彼の接客はいつもこんな感じだ。次々に声をかけてくる客を流れるようにあしらいつつ、店主として全体を見ている。

彼は客の誰にでも平等にやさしくて、平等に距離をとるのが上手《うま》い。

……ここ一年、一人だけ例外が現れたけれど。

(そういえば、そろそろいらっしゃってもおかしくないんじゃ……)

月に一度は姿を見せる人の優美な姿を思い浮かべたちょうどそのとき、番頭《ばんとう》の玉井《たまい》が静かに近づいてくるのが見えた。

店主の父親といってもいい年の頃の番頭は呉服屋にふさわしい上品で貫禄《かんろく》のある顔立ちの有能な人物、その彼が店主を呼びに来る用件はそう多くない。

予感に胸がしくりと痛む。

「市原《いちはら》の苑子《そのこ》様がお見えでございます」

「ああ、私が行こう」

……予感的中。

落ち着いた足取りで奥の座敷《ざしき》へ向かう店主の後を、六花はうつむき加減についてゆく。店主がひそかに特別扱いしている唯一の常連客の元に近づくにつれて、気分が沈んでいくのを不思議に思いながら。

「いらっしゃいませ、市原様」

「こんにちは。桐一郎さん、六花さん」

座敷で待っていたしとやかな美女が、にっこりしながら顔を上げて小首をかしげた。そんな何気ない仕草もまるで舞の一部のように美しいのは、彼女の実家が日舞《にちぶ》の家元だからかもしれない。

市原苑子嬢は美しいだけでなく、とてもやさしい人だった。六花を外見で差別することのない数少ない客で、しかも名前まで覚えてくれている。

この美しくやさしい人が、六花はなぜか少し苦手だ。自分でも本当に不思議なのだけれど。

「今日もお付きの方はいらっしゃらないんですね」

座敷に上がった桐一郎に笑みの混じった声で言われて、頷いた苑子はどこかいたずらっぽい笑みを返す。

（綺麗だなあ……）

店主に影のように従いながら、六花は南天に向けたのと同じような羨望《せんぼう》の瞳で美女を見つめる。

結《ゆ》い上げた漆黒《しっこく》の黒髪に、きらめく黒曜石《こくようせき》のような瞳。店主の隣に並ぶと一対《いっつい》の完璧な雛人形のようで、文句のつけようがない。

自分なんかとは、全然違う。

（……何考えてるんだろう、僕……。苑子様と僕を比べる理由なんかないし、比較すること自体がおこがましいのに）

ひとり反省する六花の目の前で、店主はいつものように袂《たもと》から水色の封筒を取り出した。それには宛名も、差出人の名前もない。

「今回も、たしかにお渡ししましたよ」

「ありがとうございます……！」

水色の封筒を押《お》し頂《いただ》いた苑子が、ふわりと嬉しそうに頬を染める。……あんまり綺麗で、見ているのがつらくなる。

目線を落とせば、きちんと揃えて正座した彼女の膝《ひざ》が目に入った。その上にしなやかな手つきで巾着《きんちゃく》をのせ、苑子はいかにも大切そうに封筒を仕舞《しま》う。そして、そこから季節感のある千代紙《ちよがみ》で作った封筒を取り出した。

（あ……、やっぱり今日もあるんだ）

恥ずかしげに差し出された封筒を、桐一郎は丁寧に受け取る。

「お預《あず》かりします」

店主が封筒を袂に入れたあと、二人は何か通じ合ったかのように微笑み合った。

この瞬間が、六花はいちばん苦手だ。ズキズキと胸が痛んで、うまく呼吸ができなくなってしまう。

店主が一年ほど前から行っている苑子への特別扱い……、それは、この手紙だった。

桐一郎から苑子へ、苑子から桐一郎へ。これまで何度となく繰り返されてきた文通《ぶんつう》。

いや、文通ではないらしい。店主は「文通の月下氷人《げっかひょうじん》みたいなものだよ」と言っていたから。

つまり水色の封筒は店主本人のものではなく、知人のものらしいのだ。彼は二人の間の手紙のやりとりを取り持っているだけ。

店主がそう言うなら、そうなのだ。

たとえ番頭の玉井が「あれは桐一郎様ご本人のお手紙に違いない」と疑っていたとしても、桐一郎の母親の椛《もみじ》が「苑子さんなら桐一郎さんのお嫁さんにぴったりだわ」と期待していたとしても。

六花にとって桐一郎の言葉は絶対だ。

だから番頭たちの言葉を信じてなんかいないはずなのに、それなのに今みたいに仲よく微笑み合う二人を目の当《ま》たりにすると胸の奥がざわついて、苦しくなってしまう。

たぶん、その理由は……。

（親離れ、できてないからなんだろうな……）

苑子に春物用の反物を見せている桐一郎を手伝いながら、そっとため息をついてしまう。

店主が他の女性と仲よくしているのを見ると妙な具合に胸の奥が痛むのは昔からだ。年々痛みがひどくなっている気がしないでもないけれど、とにかくこれは幼い子どもが母親と離されるのを嫌がるのと同じ感覚なのだろうと思う。

彼だけが六花の世界の全《すべ》てだから。

「桐一郎様ぁ、市原さんばかりにおかまいになられてるんじゃありませんことぉ？」

突然耳に飛びこんできた語尾の上がった甘ったるい声にぎょっとして、伏せていた瞳をぱっと上げる。

他の人を接客中なのに声をかけてくる不躾《ぶしつけ》な客なんて伊勢屋では珍しいが、座敷の前で腕を組んで仁王立《におうだ》ちしている、派手な着物の人物を見て納得がいった。

彼女は歴史ある武家のお嬢様、気の強さでも知られている石山《いしやま》嬢だ。番頭が横で苦笑しているのを見ると、彼の制止を振り切ってここまで訴えに来たらしい。

桐一郎は穏やかに微笑して立ち上がる。

「そんなことはありませんよ。石山様は何かお気に召したものがありましたか？」

「ええ、桐一郎様に選んでいただこうとお呼びしましたの」

座敷から下りた店主の腕に早速自分の腕を絡《から》め、石山嬢は婀娜《あだ》っぽい笑みを向ける。その積極性に目を丸くしてしまうけれど、不思議なことに胸は痛まない。苑子嬢のときは手も触れていなかったのに。

満面の笑みで店主を引っ張っていた石山嬢が、ちらり、と後をついてくる六花に視線を投げてきた。それは一瞬前とは打って変わった険《けわ》しさで、明らかに邪魔だと思っていることを伝えてくる。

（……石山様のお家は、筋金入りの攘夷《じょうい》派だったそうだから）

異国の血が混じっている自分が心底嫌われていても仕方がない。

ぺこりと頭を下げて、視線を避けるように顔をうつむけた。それでも後をついていくことをやめはしない。

六花は店主の側仕えだから、彼の指示にしか従わないのだ。たとえこの気の強いお嬢様に、これからきつい罵声《ばせい》を浴びせられることがわかっているとしても。

「……六花、頼みがある」

「何でございましょう」

店主に突然呼びかけられ、慌てて顔を上げる。

「今から母と一緒に、清水《しみず》様のところへ品物を届けに行っておくれ。染め替えが済んでいるはずだから」

「かしこまりました」

頼んだよ、というように微笑みかけてくれる桐一郎に深く深く頭を下げてから、そそくさときびすを返す。ついほっと吐息が漏れた。

（……僕って、駄目な子だなあ）

母屋へと急ぎながら、自己嫌悪してしまう。

いつでも側に仕えて彼に尽くしたい。それは本心なのに、さっきの石山嬢のようにあからさまな嫌悪をこめた目を向けられると、自分がとても役立たずで、店主にとって害をもたらす存在のような気がして居ても立ってもいられなくなるのだ。

店主にずっと仕えていくためには、もっと強くなければいけないとわかっているのに。


桐一郎の読み通りに依頼品の染め替えは済んでおり、六花は椛と共に伊勢屋から歩いて二十分ほどの清水家の武道場へと向かっていた。

「桐一郎さんったら、母親に突然お遣《つか》いを言いつけるなんてひどいわよねえ。そう思わない、六花？」

ぷうっと頬をふくらませる美女はこれでも四十過ぎ、桐一郎の実の母親だ。

品物を包んだ風呂敷《ふろしき》を抱えて付き従いながら、六花は申し訳なさに頭を下げる。

「すみません、きっと僕のせいなんです。石山様がいらしてたから……」

「あら、そうなの？　それなら仕方ないわねえ。あの方は六花にきついから」

納得したように頷いた椛が、くしゃくしゃと栗色の髪を撫でてくれる。店主の撫《な》で癖《ぐせ》は母親譲りなのだ。

ひとしきり撫でたあと、椛がはっとした顔で手を拍《う》った。

「だからお遣い先が清水様のところなのね！　私が奥様とちょっとばかりお話ししている間、六花は螢《ほたる》くんと遊んでいればいいいってことでしょう？」

きっとそうだろう。椛の言う「ちょっとばかり」はだいたい一時間くらい、ついでに清水道場の長男である螢は共に学校に通った友達でもある。

螢は小柄ながらも心の大きな人物で、六花の珍しい外見にも頓着《とんちゃく》しない。誰かが虐《いじ》められていれば必ず助けに行くような、真《ま》っ直《す》ぐな性根《しょうね》の持ち主なのだ。

椛が清水夫人と「ちょっとばかり」のおしゃべりをしている間、六花は許可をもらって螢を探しに屋外へ出た。

朝方ちらついていた雪はもう止《や》んでいたけれど、それでも頬がしびれるほど寒い。

こんな日にぴったりの匂《にお》いが漂《ただよ》ってくることに気付いてそちらへ向かえば、綺麗に掃き清められた裏庭の真ん中で、螢は集めた枯葉や枝で焚《た》き火《び》をしていた。六花の足音にひょいと大きな瞳を上げる。

「よ、六花。いいとこに来たじゃん」

「いいとこ……？」

「そう。実はこれは、ただの焚き火ではないのだ」

ふっふっふと嬉しそうに笑っている螢の足許《あしもと》の焚き火からは、どことなく甘いような匂いが漂ってくる。もしかして……。

「焼き芋《いも》？」

「ちょーっ、なんで先に答え言うかなーっ」

大袈裟《おおげさ》な仕草でがっかりしてみせる螢に笑いながら近づくと、焚き火ならではのむらのある強い熱気が感じられる。

「焚き火で焼き芋なんて、本当にできるの？」

外側だけが焦げてしまうんじゃないだろうか。こわごわと火の中をのぞきこんで言うと、螢が手頃な枝で器用に芋を取り出す。

「まかせろって。俺の焼き芋、すげえ美味《うま》いんだぜ。食ってみろよ」

軍手をした手でほくりと芋をふたつに割り、古新聞に包んで渡してくれる。

すぐにかぶりつく螢と対照的に、猫舌の六花は懸命にふうふうと息を吹きかけて冷ましてから少しだけ口に入れた。

「美味《おい》しい……！」

ほくほくの甘みに、ほのかな焦げ臭さがいい風味だ。普通の蒸《ふ》かし芋よりもずっと美味しい。

「……旦那様に、持って帰って差し上げようかな」

呟くと、ぶはっとおかしそうに噴き出された。

「六花って本当に、伊勢屋の旦那さんが好きなのなあ」

「だって、本当に美味しいし……。美味しかったら分けてあげたくなるでしょう？」

「こういうのは外で出来たてを食べるから美味いんだよ。冷たくなったらそうでもねえの。なんだったら、今度伊勢屋の旦那さんと一緒に来ればいいじゃん。また焼いてやるし」

「そっか……。ありがと、螢くん」

なるほどと頷いて焼き芋を頬ばる六花を見ながら、螢はまだおかしそうにくつくつ笑っている。

「螢くん、なんでそんなに笑ってるの？」

彼のことだから意地の悪い理由で笑っているのではないとわかっていても、あんまり笑われるとなんだか恥ずかしい。頬を染めて聞けば、なんとか笑いを収めた螢が片手で拝《おが》む真似《まね》をして謝る。

「や、悪い、悪い。いくら親代わりといったって、子どもにここまで慕《した》われてる親なんてそうそういねえだろうと思ってさ。まだ結婚してもないのに、伊勢屋の旦那さんは父親としての冥利《みょうり》が尽きちまうんじゃないか」

たしかに桐一郎はまだ結婚していないし、当然子どももいない。それなのに父親冥利だけが尽きるなんてなかなか不可思議な状況だ。

「旦那様なら絶対に素晴らしい父親になられるから、僕ごときで冥利は尽きないよ」

真顔で言う六花に、螢が笑っていた瞳をふと曇らせる。

「……六花さぁ、そんなに伊勢屋の旦那さんが好きで大丈夫か」

「え……？　なんで？」

思わずドキリとして問い返せば、見透かすような真っ直ぐな目で見つめられた。

「いくら親代わりで命の恩人だからって、六花って伊勢屋の旦那さんのこと好きすぎる気がすんだよ。旦那さんが誰かと結婚することになったとき、お前が大丈夫なのか俺は心配だぞ」

「だ、大丈夫だよ」

桐一郎が結婚することになっても、別に問題なんかない。誰よりも尊敬していて、自分の命よりも大切に思っている彼が幸せになれるのなら、六花もきっと幸せなはずだから。

そもそも伊勢屋の唯一の跡取りである桐一郎は必ず妻《めと》を娶り、世継ぎを生《な》さねばならないことは物心ついたときからわかっていたのだ。実現はもう時間の問題であることも。

「旦那様がご結婚して奥様がお子をお産みになったら、僕がお世話させていただくつもりだもん」

桐一郎に似た子であれば、間違いなく愛せる。なんといっても恩人の子なのだから。

自信をもって言いきった六花は、桐一郎の妻になる人について考えないようにしていることには気付かなかった。

店主の声が最後の数字を読み上げたのとほぼ同時に、六花は算盤《そろばん》をパチリとはじき終える。この計算は毎夜恒例、算盤の練習を兼ねた売上の検算だ。

「いくらになった？」

総和を答えると、桐一郎が先に計算しておいた額とぴったり同じでほっとする。彼が間違えることはないから、これで正解ということだ。

「……いつも思いますけど、すごい額ですよね」

「ものによっては呉服は宝石より高価だからねえ」

さらりと答えて帳簿《ちょうぼ》に売上を書き込んでいる桐一郎は、一日分、しかも本店のみの儲けなのに軽く屋敷を建てられるほどの数字の羅列《られつ》にも慣れたものだ。

パタンと帳簿を閉じた店主はそれを算盤と一緒に文机《ふづくえ》に仕舞い、ねぎらうように六花の頭を撫でた。本日の仕事は終了だ。

「今日もありがとう。……そういえば、螢くんとはゆっくり話せた？」

「はい！　螢くんに焚き火で焼いたお芋をもらって、すごく美味しかったんです。焚き火であんなに美味しく焼けるなんてすごいですよね。今度、旦那様も一緒に螢くんのところに行きましょう。また焼いてくれるって……」

にこにこと報告する姿を見ている彼の瞳が、穏やかに笑んでいるのにほんの少しだけ翳《かげ》っていることに気付いて六花は不安げに店主を見上げる。

「あの……、お芋は、お好きでないですか……？」

「いや、好きだよ。どうしてそう思う？」

「……なんだか、旦那様が……」

うまく言えなくてじっと見つめると、店主が淡く苦笑した。

「人に表情を読まれないことには、けっこう自信があるんだけどなあ……。お前は私の顔色に敏感すぎて、ときどき困るよ」

「す、すみません……っ」

大事な人を困らせるなんて、どうして自分はこうなんだろう。

うつむいて謝ると、くしゃりと髪を撫でられる。その手に誘導されるようにおずおずと顔を上げれば、微苦笑を浮かべている瞳と目が合った。

「六花が謝ることじゃないさ。誤解のないように白状しておくとね、私は少し妬《や》いてしまったんだよ」

予想外の告白にぽかんとして、ぱしぱしと目を瞬《しばた》く。

「……誰に、でございますか？　旦那様が妬かれるほどの方など、誰も思いつきませんが」

言外に桐一郎以上の人間はいないと言う六花に、店主はくすりと笑った。

「螢くんにさ。なに、私のただの我儘《わがまま》だ」

「旦那様がお嫌なら、もう螢くんとは会いません」

真剣に即答すれば、苦笑した桐一郎に軽く鼻をつままれてしまった。

「まったく……。大切な友達だろうに、そんなことを言うものじゃない。お前の一途《いちず》さは愛《いと》おしいけれど、正直言って心配だよ。六花はもっと自分のために生きなくてはね」

「でも……」

「本当にもういいんだよ。私の心が狭いというだけの話なのだから」

そんなの全然納得できない。六花にとっては桐一郎ほど心の広い、やさしい人間はいないというのに。

無意識に唇をとがらせてしまうと、ふ、と彼が笑った。

「六花の気が済まないというのなら、元気の出るおまじないをくれる？　おいで、六花」

ぽんぽん、と膝を叩《たた》いた主人に促されて、六花は子どもの頃から慣れ親しんだその膝の上におずおずと乗る。軽く抱きしめられると、彼の着物に焚《た》きしめられた品のよい香りにふわりと包まれて鼓動が速くなった。

膝に抱っこされるのは慣れているはずなのに、なぜだか年々恥ずかしくなってきている。

「六花から、くれるね？」

「はい……」

頷いて、六花は自ら彼の形のいい唇にふっくらした唇を寄せる。

ドキドキしながらそっと重ねて、静かに離した。昔は平気だったのに、最近では勝手に頬が染まってしまう。

「……元気、出ましたか？」

「ああ。ありがとう」

にこりと笑った桐一郎が、やさしい手で髪を撫でてくれた。

これが、二人の間でのみ通じる『元気の出るおまじない』だ。

世間的にこれが接吻《せっぷん》と呼ばれるもので、同性間ではしない行為であることくらい六花も知っている。けれど、拾われて間もない頃に六花から始めたらしいのだ。

記憶はなくなっていても、習慣等は無意識に表《あらわ》れる。もともとは西洋風の習慣で生活していたらしい六花は、祖父と大きな諍《いさか》いをした桐一郎に「げんきがでるおまじないです」と言ってキスをしたという。

それ以来続いているこのおまじないだけれど、成長するにつれてこれは普通のおまじないではないとさすがに気付いてしまった。だけど彼が嫌がっていないのなら自分からやめようと言う気にはなれない。

だってこのおまじないは、六花自身にも元気をくれるから。

膝に抱っこしてもらうこともそうだ。

もう幼い子どもではないのだから抱っこしてもらうのはおかしいなんてわかっている。でも、こうやって彼に抱きしめられていると幸せだから、やめてほしいなんて言えないのだ。

しかしいい加減に重たくて迷惑だろうとは思う。

「あの……、そろそろ……」

膝の上から下ろしてもらおうと遠慮がちに固い胸を押してみたけれど、体に回った腕はゆるまなかった。困ったような瞳を向けると、店主はやさしい笑みを湛えたまま、しれっと話題を変えてくる。

「そういえば明日の昼食は、仕事の会合も兼ねて東条《とうじょう》と外でとる予定なんだ。お前も連れて行くからそのつもりでいておくれ」

「そんな、僕みたいなのがご一緒するわけには……」

貿易会社を経営している店主の友人は、海外出店にも協力してくれている人だ。そんな大事な人と会うのについては行けないとかぶりを振ると、わずかな沈黙のあとで静かに問われる。

「六花みたいなのって、どういう意味だい？」

「ですから……、髪の色とか、目の色とかが僕は変なので……、旦那様までお友達から奇異な目で見られてしまったら……」

きゅ、とまた鼻をつままれてしまった。

いつもやさしい店主が、叱《しか》るような、それでいてどこか悲しいような顔をしている。

「どうして六花は、そんな言い方をするんだろうねえ。いつも言っているだろう」

言いながら、くしゃりと六花の前髪をかきあげてしまう。猫のような目を見られるのが嫌で瞳を閉じると、まぶたの上に軽い口づけが落とされた。

「お前の瞳は深い森のように綺麗で私を安らがせてくれるし、お前の髪は陽《ひ》に透けるとキラキラと金糸《きんし》のように眩《まばゆ》くて、この世のものとは思えないくらい美しいよ。ほら、目を開けて」

店主の言葉に逆らうことができない六花は、しぶしぶながらもまつげを上げる。

視界を、ひどくやさしくて甘やかすような微笑が満たした。彼の眼差《まなざ》しに心臓がうるさく跳ねる。

唇に軽く、おまじないをされた。

「六花は本当に綺麗で可愛《かわい》いよ。もっと自信を持ちなさい」

たとえ慰めるための嘘でも、彼に言われると嬉しくてふわりと頬が染まってしまう。

ふ、と桐一郎が甘く笑った。

「いけないなあ……。あんまり可愛くて、お前のためにならないとわかっていても誰にも見せずに隠しておきたくなる。私がそんな真似をしないように、明日は一緒に来てくれるね？」

「……はい」

そんな言い方をされたら、嘘だとわかっていても頷かざるをえなくなる。
頬を染めてうつむきがちに答えると、「いい子だね」と笑った彼に抱きしめられた。

【2】

翌日の昼。小雪がちらつく中、風情のある門から数寄屋造《すきやづく》りの玄関まで延びる石畳《いしだたみ》を店主の後について六花は歩いていた。少し緊張している。

東條がお昼に予約してくれていたのは一流の高級料亭、従業員の躾《しつけ》が行き届いているから外見で追い出されたりすることはないとわかっている。それでも店によっては異国めいた姿を気味悪がって入れてくれないところもあることをよく知っているから、なんとなくドキドキしてしまうのだ。

もちろん失礼な真似をされることなどなく、臈長《ろうた》けた美人女将《おかみ》が丁寧な物腰で案内してくれた。

すらりと開かれた襖の奥、広い座敷で待っていた二人のうち一人の外見にぎょっとして、六花の足は一瞬止まってしまう。

体格のよい、顔立ちの整ったその男性は金髪碧眼《きんぱつへきがん》、明らかに異国人だ。

「待たせてしまったかな」

「いや、私たちもちょうど今来たところだ」

桐一郎に三つ揃い姿の色男が微笑して答える。店主の昔からの友人、東條だ。

「私はともかく、ロバートは待ちくたびれていたかもしれないがね。二分も待ったから」

「彼は気が長いだろう。今のは東條の本音だな」

笑いながら、桐一郎は異国の男性とも英語でなごやかな挨拶《あいさつ》を交わす。どうやら親しい仲らしい。

無意識に会話の単語を聞き取っていた六花は、ロバートと呼ばれた彼がアメリカに出店する際の現地の管理を請け負《お》ってくれた人らしいことを知る。

（さすがに速くて、あんまり聞き取れないな……）

店主に英語も教えてもらってはいるけれど、実際に異国の人が話しているのを聞くのは初めてだ。気を抜くとほとんど聞き取れない。

そもそも、六花はこんな外見をしていても中身はごく一般的な日本人と同じ、外国人を間近で見たことすらない。髪が金色とか、目の色が青いとか、すごく不思議な感じがする。

（そっか……。僕もこういう風に、不思議だと思われているんだろうなあ）

これで彼の話していることがまったくわからなかったら怖く感じてしまうのかもしれないな……と思いながらついじっと見つめていたら、さすがに気付かれてしまった。びくっと身をすくめた六花に、彼は綺麗な空色の瞳を細めてにっこりして、片手を上げる。

「ハロー、オア、コンニチハ？」

一瞬何を言われたかわからなくて、きょとんとしてしまう。そしてすぐに悟《さと》った。

「こ、こんにちはで、お願いします……」

「ワカリマシタ」

発音が少したどたどしいけれど、彼は日本語ができるらしい。英語か日本語かの確認をとったのは、六花の外見が異国風なのに和装だったからなのだろう。

「ロバート・ダグラスト、モウシマス。アメリカカラ、マイリマシタ」

丁寧な日本語で、ロバートはにこにこしながら自己紹介する。もう全然怖くない。

(言葉だけじゃなくて……、こんな風に笑ってる人は、怖くないのかも)

そう気付いて、六花も自己紹介をするときに笑顔を心がけてみた。ちょっと引きつり気味になってしまったけれど、ぽんぽん、と桐一郎が褒めるように背中を撫でてくれた。

織部《おりべ》の器に盛られた数種の先付《さきづけ》と柚子《ゆず》酒に始まった会席料理は、季節の食材をふんだんに使ってあり、見た目にも風雅でとても美味しかった。順次出来たての食べ頃が供《きょう》される。

「旦那様、こちらに檸檬《レモン》は搾《しぼ》られますか？」

「ああ。ありがとう、六花」

「ご飯をもう少しいかがですか？」

「うん、もらうよ」

桐一郎用の釜《かま》から牡蠣飯《かきめし》をよそって両手で茶碗を差し出すと、お礼代わりにくしゃりと髪を撫でられる。

料亭だとお店の人がいろいろしてくれるからあまりすることがないな……と思いながらも気付いた端《はし》から彼の世話を焼いていた六花は、ふと視線を感じて目を上げた。

向かいで食事をしていたはずの東條がおもしろそうに瞳をきらめかせており、ロバートは呆然《ぼうぜん》としている。

「至れり尽くせりの見本のようだね。さっきから六花くんはきみのことばかりだ」

東條に揶揄《からか》うように言われても、桐一郎は悠然と微笑する。

「羨《うらや》ましいだろう」

「……六花くんが女性だったら、貰《もら》って帰って嫁にでもしたいところだけどね」

どこか呆《あき》れたような東條の口ぶりも気にせずに、桐一郎は六花を猫の子でも撫でるようにしながら平然と答える。

「女性だろうと男性だろうと、この子は誰にもやらないよ」

「そういうの、何て言うか知っているか?」

問いかけに、二人は目を見合わせてにやりと笑い合い、同時に口を開いた。

「子煩悩《こぼんのう》」

「親馬鹿」

「……ドレイ？」

ワンテンポ遅れて発せられたロバートの強烈な言葉に、桐一郎はぎょっとした顔をし、六花は赤面し、東條は大笑いした。

その後の食事中の話題の中心は、ロバートの誤解を解くことに費《つい》やされた。

食後のお茶が出される頃に、ようやく納得顔でロバートが頷く。

「オーケイ。ツマリ、リッカサンハ、own accord　デ、シテイルノデスネ」

「おうんあこーど……？」

「自発的に、ってことだよ」

ロバートが日本語に訳せなかった部分にきょとんとすれば、桐一郎が訳してくれる。六花は勢いよく頷いた。

「そうです。僕が自分で、旦那様のお役に立ちたいと思っているんです」

「ワカリマシタ。ソレナライイノデス」

文化の違いに驚きはしたらしいけれど、ロバートは理解を示して頷く。

「大和撫子《やまとなでしこ》を妻にしたら、きっとロバートもあれくらい尽くしてもらえるぞ」

お茶を手に東條がどこか含みのある視線を投げれば、青い瞳をぱちくりとさせた彼が一瞬遅れて頬を染めた。六花と同じく色が白いぶん、染まると目立つ。

「シゴトノハナシ、ハジメマショウ？」

これ以上何か言われてはかなわないと思ったのか、まだ赤味の残る頬でロバートが提案すると、桐一郎が申し訳なさそうに六花を振り返った。

「まだお前に聞かせてやれる段階じゃないから、少し外《はず》していてもらえるかい？」

「もちろんです！」

慌てて頷いて席を立つ。

「僕、中庭を散策してきますね」

この料亭は建物のぐるりを囲むようにして造られた、意匠《いしょう》を凝《こ》らした庭園が有名だ。見て楽しむだけでなく実際に散策してもいいことになっている。座敷はちょうど中庭に面しているから、話し合いが終わって呼ばれたらすぐわかるだろう。

自分の羽織を羽織《はお》って深く一礼して座を去ろうとすると、桐一郎に呼び止められた。

「今日はとても冷えるから、これも着てお行き」

そう言って、自分の銀鼠色《ぎんねずいろ》の羽織を六花の体に着せかける。

ほのかに香る程度に焚きしめられている彼の品のよい香《こう》の香りがふわりと鼻先をくすぐり、ほっとすると同時になぜか胸が高鳴った。

「……ナニカニ、ニテイマス」

上背《うわぜい》もあり、肩幅も広い店主の羽織はぶかぶかで、六花は顔以外足首までたっぷりの布に覆われている。指先さえ袖《そで》から出ていない。

その様子を見て呟いたロバートの言葉に、桐一郎と東條がはっとした顔をした。

「……言わなくていい」

笑い出しそうに口許を震わせた東條を桐一郎が止めたけれど、ロバートがポンと手を打って言ってしまった。

「テルテルボーズ！」

「雪ガヤムカモ、シレマセンネ」と嬉しそうに言う彼に、六花はどういう顔をすればいいのかよくわからないまま、曖昧《あいまい》な笑みを返して中庭に出たのだった。

店に来たときよりも落ちてくる雪片《せっぺん》は増えていた。手入れの行き届いた植木も、優雅な石の灯籠《とうろう》も、表をうっすらと白く染めている。

(僕のてるてる坊主《ぼうず》じゃ、雪はやまないのかもなあ)

広い庭をゆっくり見て回っている間にもだんだん激しくなる降り方に、唇がほころんではわりと煙のような息が出て行く。その行方《ゆくえ》を追って、六花は空を見上げた。

次々に落ちてくる小さなひらめきは、延々と尽きることがない。ぼんやり見つめているとなんだかめまいに襲われそうになる。

軽くかぶりを振って顔を戻した瞬間、ひゅうっと強い風が吹いて長い前髪を払われた。

いけない、こんな緑色の猫のような瞳を誰かに見られたら気味悪がられてしまう。

慌てて手で戻そうとするけれど、店主の羽織の袖が長すぎてうまくできない。

「……………カ……っ⁉」

かすかな声がした方に驚いて目を向ければ、中庭を挟んだ向こう側にある渡り廊下の途中で、信じがたいものを見ているかのように凝然《ぎょうぜん》と立ち尽くしている眼鏡《めがね》の紳士がいた。

洋装で身なりはよく、年は三十半ばくらい、あまり背は高くない。驚愕《きょうがく》していても育ちのよさそうな、柔和《にゅうわ》で整った顔をしているのがわかる。

「どうなさいましたの、堀川子爵《ほりかわししゃく》……」

彼の背後から声をかけた女性が姿を現すよりも早く、六花は言いようのない恐怖に駆られてその場にうずくまった。

……怖い。あの人が。まったく見覚えはないのに。

仕事がら多くの客と接するけれど、六花は人の顔を覚えるのが得意だ。しかも身分の高い人は顧客としても重要だから、華族に会っていたら忘れるはずがない。だから子爵と呼ばれた彼は客ではなく、完全に知らない人だ。なのに怖い。

植え込みの陰で頭を抱え、身を隠すように小さくなって震えながら、六花は祈るような気持ちで、ただ待った。

彼が、……おそろしいものが去るのを。

遠くで不審そうな女性の声が聞こえる。

「何かありましたの？」

「いえ……。すみません、こんなところにいるはずもない人がいた気がして。もしかしたら幽霊を見てしまったのかもしれません」

「まあ怖い」

ほほほ、とまったく怖くなさそうに笑う女性に、「まだ昼間なのにおかしいですね」と苦笑混じりに穏やかに答えている男の声がだんだん遠ざかってゆく。

完全に人の気配がなくなってから、そろそろと両手を頭から下ろす。ぶかぶかの袖の中で手は細かく震え、ひどく冷たくなっていた。

（どうして……？　全然、知らない人だったのに……）

両手をぎゅっと握りしめて、六花は膝に顔をうずめる。

借りた羽織からほのかに香る主人の香りに気付くと、少しずつ落ち着いてきた。ゆっくりと呼吸して、桐一郎のことだけを想《おも》う。

「……ゆきんこが落ちてる。拾ってもいいかな」

ぽん、と頭に大きな手を置かれて、六花は顔を上げた。綺麗な切れ長の瞳が心配そうにのぞきこんでいる。

一気に瞳が潤んで、彼の姿がぼやけた。

「だ……、旦那様……っ」

「一人にして悪かったね。何かあった？」

両脇に手を入れてひょいと立ち上がらせてくれた桐一郎に軽く抱き寄せられると、縋《すが》るように勝手に手が広い背中に回った。

「大……丈夫、です……。少し、寒くて……」

答えながらも、ぎゅうっと抱きしめた手をゆるめることができない。

ただならぬ様子に眉根を寄せた桐一郎は、くしゃりと髪を撫でてから細いあごに指をかけて上向かせた。長い前髪に半ば隠れた瞳が不安げに潤んでいるのを見て、そっと身を屈める。

「おまじない、してあげようか……？」

甘い低音の問いかけに、考えるより先に頷いていた。

ちゅ、と軽く唇を合わせられて、胸がふわりとあたたかくなる。

誰が見ているかわからないのに、こんなところで縋りついて申し訳なかったと思う。

けれども、泣きべそをかいているのを心配しておまじないまでくれた桐一郎のやさしさが嬉しくて、自然と笑みが零《こぼ》れた。


その日の夜、寝支度《ねじたく》をしながら六花は首をひねっていた。

（今思い出しても平気なのに、どうしてあのときはあんなに怖かったんだろう……。あの人も僕を見て驚いていたみたいだったけど、全然知らない人だったし……）

昼間の紳士に対する自分のおかしな反応について、どう考えても理由が見つからない。気になるけれど思考は堂々巡りするばかりで、とても眠れそうになかった。

ここはひとつ眠くなるまで本でも読むことにしよう……なんて、先日もらったイタリア語の本を文机の前でうっかり開いたが最後、眠るどころではなくなってしまった。

綺麗な挿絵と歌のような言語、木の人形の冒険に魅了され、時を忘れて活字の世界へ没入してゆく。

「……まだ起きているのかい、六花？」

静かに襖を開けた桐一郎に声をかけられて、六花ははっと目を上げた。

壁にかかっている時計を見れば一時間もたっていてびっくりする。慌てて本にしおりを挟み、彼の元に駆け寄った。

「何かご用でしょうか」

「いや、別に用はないんだが……。ただ、今夜はひどい雪降りだからね。一人で眠れるのかと思って」

「あ……」

思わず頬を染めると、それを返事として桐一郎がくすりと笑った。

「もう寝ようか、六花。準備ができたら部屋においで」

やさしく誘って、ぽんぽん、と軽く頭を撫でてから出て行く。

（……僕が時間を忘れて遅くまで起きてたから、迎えに来てくださったんだ）

放っておいても自分は何も困らないのに、一人で先に寝てしまわないところがやさしい店主らしいと思う。

実は六花は、雪の夜がひどく苦手だ。

おそらく十年前、凍死しかけたのが吹雪《ふぶき》の夜だったせいなのだろう。昼間はよくても、夜になるとどうしようもなく心細くて一人では眠れないのだ。だから父親代わりの桐一郎は、昔から雪の夜は一緒に寝てくれる。

今夜はこの冬初めての、雪の夜だった。

幼い子どもならまだしも、小柄とはいえこんな成長した同性と同衾《どうきん》するなんてあまり嬉しくはないだろうに、やさしい彼は嫌な顔ひとつしないでいてくれる。自分を拾ってくれたのが彼のような人だったことは、あらゆる神様に感謝してもしきれないほどの幸運だ。

（他には何も望みませんから、どうか旦那様のお側にずっといられますように……）

ことあるごとにそう祈ってしまう。

室内の片付けをすませると、枕《まくら》を手に隣の部屋へと続く襖の前に正座した。

「……旦那様、よろしいですか」

「おはいり」

やさしい声に許されて、六花はすうっと襖を開ける。

明かりを落とした桐一郎の部屋は座敷ランプのぼんやりとあたたかな光に満たされ、どこか秘密めいた親密な空気に妙に胸が高鳴ってしまう。

丁寧に襖を閉めて向き直ると、すでに横になって本を読んでいたらしい桐一郎が誘うように微笑して、片手で布団《ふとん》を半分捲《まく》った。

「……おいで、六花」

「は、はい……。お邪魔します……」

ただ添い寝してもらうだけなのに、彼の布団に入れてもらうときはどうしてこんなにドキドキしてしまうのだろう。昔はただ嬉しかっただけなのに、年々嬉しさだけでなく緊張が大きくなってきた。

(なんでかな……。抱きしめていただくと、すごく安心するのに……)

あけてもらった空間にそっと体を横たえると、ふわりと上から布団をかけられた。いつものように、桐一郎が背中から包みこむように抱いてくれる。くっついた背中や絡められた脚から伝わるあたたかさにうっとりして、思わずため息が漏れた。

「足が氷みたいだねえ。湯たんぽがあった方がよかったかな」

「あっ、す、すみません……！　足、離してください……っ」

冷たさが不快だろうと慌てて搦《から》め捕《と》られた脚を離そうとすると、くすりと笑った彼に逆に抑えこまれた。長い脚は力も強く、完全に動けなくなる。

「だ、旦那様……!?」

「あたためてあげるからじっとしていなさい。六花は冷えやすいから、手も冷たいんじゃないか?」

背後から体の前面に回ってきた手が、胸元に置いていた六花の手を包みこんだ。指摘通りに冷えていた指に長い指が絡みついて、体温を分けてくれる。

「すみません……、僕、雪だるまみたいで……」

もともと体温が低いせいか、冬場は体の末端が氷みたいに冷えていることはわかっている。大切な主《あるじ》をあたためてあげるどころか体温を奪うばかりの自分が情けなくて謝ると、背中で笑う気配がした。

「雪だるまはあたためたらとけてしまうけれど、六花はどうだろうね」

おかしなことを言う店主に六花も笑ってしまう。

「さすがの僕も、とけたりなんかしませんよ」

「本当に? 試してみよう」

くすくす笑いながら提案した桐一郎は、あたたかい体がぴったりと密着するように六花をぎゅっと抱きしめてくる。

遠慮しないようにと冗談混じりでこういうことをしてくれる彼のやさしさに、ジンと胸が熱くなった。

（あ……、旦那様の香りが……）

ほのかな香《こう》の香りに混じって、ここまで密着したからこそわかる、彼ならではのどこか甘く、胸をときめかせるような香りに包まれた。

（きっと薫《かおる》の君《きみ》って、旦那様みたいな人だったんだろうなあ……）

半ば夢心地で源氏物語に出てくる美貌と芳香の人物と今抱きしめてくれている人を重ねるけれど、薫の君は悲恋の人だったことを思い出して慌てて自分の考えを否定する。敬愛する桐一郎には、是非《ぜひ》とも幸せになってほしい。

「……だいぶあたたまってきたね、六花……」

耳元でやさしい低い声が響いた瞬間、ぞくりと皮膚が粟立《あわだ》った。頷きながらも、動揺した六花の鼓動はだんだん早鐘《はやがね》を打ち始める。

（な……、なに……？　何か、体が、変かも……!?）

鼓動が速まるのに合わせるように急に体温が上がって、特に下腹の辺《あた》りが熱くなってきた。勝手に熱を帯びていく体とは裏腹《うらはら》に、慣れない変化に怯《おび》えた六花の顔から血の気が引いていく。

「だ、旦那様……っ、僕、やっぱり一人で寝ます……っ」

泣きそうになりながら力強い長身から身を離そうとすると、驚いた桐一郎が思わずというように腕に力をこめて逃げるのを阻止する。

「どうした、六花？　何があった？」

「お願いです、離してください……っ。僕、病気みたいなんです！　もしかしたら旦那様に伝染《うつ》してしまうかもしれません……っ」

「病気……!?」

驚いたらしい桐一郎だが、全然腕をゆるめてくれる気配はない。大事な彼に伝染《でんせん》するような病気だったらと思うと怖くて、六花は必死で体に巻きついている腕から逃れようともがく。

片腕だけほどいた桐一郎は、その手で六花の髪をゆっくり撫で始めた。

「少し落ち着いてごらん、六花……。もし病気なら良庵先生に診《み》ていただけばいい。一体どこが、どういう風に、いつから悪いの？」

穏やかで冷静な低い声とやさしい手になだめられてもがくのはやめたものの、六花は涙目で首を横に振る。とても自分の口から言えないようなところに異状が起きているからだ。お医者様にだって見せる気にはなれない。

身を震わせて何も答えない六花に、桐一郎は心配そうな声で六花にだけ有効な軽い脅《おど》しをかける。

「……ちゃんと答えてくれないと、私は心配のあまり眠れなくなってしまうよ」

「そんな……！」

多忙を極める店主の睡眠を削る一因になるなんて、そんなことは耐えられない。それくらいなら自分が恥ずかしいのを我慢した方がマシだ。

震える唇で息を吸うと、六花は決死の思いで答えを口にした。

「…………が……れて……」

「何？　よく聞こえないよ、六花」

か細い声を聞き取ろうとするように背中側からのぞきこまれて、かあっと頬が染まってしまう。もう一度あんなことを言うなんて、恥ずかしくて死んでしまいそうだ。

このまま埋まってしまいたいといわんばかりに布団に顔をうずめて、六花は再度、小さな声を懸命に絞り出した。

「……お…………が、腫《は》れてしまって……！」

「腫れたの？　どこが？」

いちばん言いづらい部分が聞き取れなかったらしく、心配そうに問い返されて、ぶわっと瞳が潤んだ。

「も……、言えません……っ」

耐えきれずにしゃくりあげてしまうと、背後で困っているような気配がしてわずかに沈黙が落ちた。

ふと何か思い当たったかのように、桐一郎が泣き顔を覆っている手の上に大きな手を重ねてくる。

「……六花、場所は言わなくてもいいから、私の手を腫れた場所へ持っていってごらん」

ビクリと肩が震えた。六花は潤んだ大きな緑色の瞳で、困惑したように桐一郎を見上げる。

「う……、伝染ってしまうかもしれませんよ……？」

「うん……、私の予想通りなら伝染っても問題のない病のはずだから、どこがつらいのか教えてごらん。治してあげられると思う」

「……は、い……」

素直にこくんと頷くと、六花は震える手で大きな手をおずおずと掴み、自分の体の下の方へとそろそろと導く。

「……やっぱりな……」

手が鳩尾《みぞおち》を通過した辺りで桐一郎が小さく呟いた。

直後に、進度が遅くなった六花の手が導く前に彼がすいと手を伸ばしてしまう。寝間着《ねまき》の裾《すそ》を割った大きな手に的確に患部……、熱を帯びてふくらんだ場所を下帯ごと包みこまれて、ビクンと体が跳ねた。驚きすぎて声も出せない。

形をなぞるようにゆっくりと撫で上げられて、ひゅっと息を呑《の》む。

真っ赤になって震える六花の耳元に、桐一郎は落ち着いた声で問いかけてきた。

「ここだろう、六花？　こうなったのは初めて？」

「は、はい……」

「……螢くんとかと、ここについての話をしたり……さわったりはしなかった？」

問いかけに、真っ赤になってぶんぶんと首を横に振る。どうしてそんなところについて友達と話したり、さわったりするのか理解できない。くすりと桐一郎が笑う。

「そうだね……、螢くんは硬派というか純情そうだし、それならお前がこういう知識を得る機会はなかっただろうねえ」

「や……っ、や、旦那様……っ、そんな風に、さわらな……って……っ」

ゆっくりした動きで何度もなぞり上げられてズキズキとそこが甘く痛み出し、六花は涙目で悪戯《いたずら》な手を摑まえ、かぶりを振る。

困惑した声での制止に同情してくれたのか桐一郎はそこから手を離し、抱きしめた六花ごと体を起こした。

店主の胡座《あぐら》の上に背中から抱きこまれて座る形になった六花は、さわられる前よりもひどくなった下腹部の熱をどうしたらいいかわからずに熱っぽく震える吐息を零《こぼ》す。

「こうなったのは初めてだって言ったけど、寝ている間に下帯が濡《ぬ》れていたことがあったんじゃないか？」

「や……っ、どうしてそれを……っ？」

立てた膝の裾を割って再び伸びてきた大きな手に包みこまれながらの問いかけに、六花は身を震わせながら息を呑む。

一週間ほど前、朝起きたら見慣れない液体で下帯が濡れていて衝撃を受けたのだ。そのときから自分は悪い病気なのではないかと心配していたのだけれど、場所が場所だけに誰にも相談できなかった。それなのになぜ、店主がその秘密を知っているのか。

動揺を肯定《こうてい》と理解した桐一郎は、くすりと笑った。

「大丈夫だよ、六花。こうなるのは病気じゃない」

「病気じゃ、ないんですか……？」

やわやわと揉む手に意識をそらされそうになりながらも、ほっとして体から緊張が抜ける。その途端《とたん》にやさしい手が与えてくれる刺激にあやうく声が漏れそうになって、慌てて唇を噛んだ。

「そうだよ。これは六花の体が大人になったということだ。お前は何も知らないようだから、こうなったらどうすればいいか、私が教えてあげようね」

「す、すみません……、何も知らなくて……」

もしかしたら螢に習っておくべきだったのだろうかとうつむいて謝れば、耳元に甘い低音が吹きこまれた。その響きと吐息に、ぞくりと皮膚が粟立つ。

「謝ることじゃない。お前に最初から手解《てほど》きしてやれるなんて、とても嬉しいよ。……さあ六花、私がさわりやすいように、膝をもっと開いてごらん」

「は、はい……」

立てた膝をおずおずと開けば、ぼんやりとした座敷ランプの明かりに内股の白さが浮き立って見えた。妙にいやらしくて、目をつぶってしまう。

「六花は雪肌だから、夜目にひどく艶《なま》めかしいねえ……。ほら、見てごらん。ここは綺麗に熟れて、桜桃《さくらんぼ》のようだよ」

耳元で低く囁《ささや》く声にこわごわと目を開ければ、店主の大きくて綺麗な手が恥ずかしい部分を下帯から引き出すところだった。いつの間にか濡れていた先端を目撃して、羞恥に全身が染まる。

「やぁっ、さ、さわったら駄目です……っ、旦那様……っ」

「さわらないと楽になれないよ。ここがこうなったままじゃ、つらいだろう？　やり方を教えてあげるから、私の手の動きをよく見ておいで」

「……う……、はい……」

頷くと、褒めるようにもう片方の手でよしよしと頭を撫でられる。

（そうだ……、旦那様はなんでも丁寧に教えてくださるのだから、今はお任せして、僕がきちんと覚えればいいんだ……！）

とりあえず病気ではないと知って安心したし、対処法も習えるのだからと前向きになった六花の心情を正確に読み取ったらしい桐一郎は、早速解説を始める。

「いいかい、六花。ここは先端がいちばん敏感なものだけれど、お前のものはまだ全部露出していないんだ。だから剝《む》き出してやらないといけないよ」

「ど、どうやってですか……？　ん……っ」

全体をゆるゆると扱《しご》き上げられながらの説明に、息をあえがせながらもちゃんと習おうと質問すると、大きな手の親指が先端に触れた。びくんと腰が勝手に跳ねる。

「濡れてないと痛いだろうから、こうやって……」

先端のぬめりを広げるようにくるくると親指を動かされるたびに、背筋をぞくぞくとした感覚が走ってゆく。

ぎゅっと桐一郎の腕に縋《すが》りつき、六花は甘い泣き声をあげた。

「う、ふ……っ、旦那様……っ、それ、いや……っ」

「まだほんの手始めじゃないか。……随分と感じやすくて、今後が楽しみになってしまうなあ」

満足げに呟くと、桐一郎はもう片方の自分の指二本にたっぷりと唾液を絡める。それで六花の先端をさらに濡らしながら、握りこんでいた方の手でゆっくりと先端部分を剝き出していった。

「あっ、あ……っ、や、痛……っ」

「大丈夫だよ。もう痛くないから、気持ちいい感覚だけを追ってごらん。……ほら、可愛いのが出てきた……」

耳元で甘い低音を囁かれながら彼に弄《いじ》られていると、ぞくぞくして頭がうまく回らない。

ピリリと痛みがあったような気もするのだけれど、ぬるぬると撫でられ、擦《こす》られていると、痛みではない強い感覚が勝《まさ》る。体中が熱くなって、とけてしまうような……。

「気持ちよさそうだね、六花。このまま出してごらん」

「だ、出すって……、ん……っ、何を……っ？」

「お前の体が出したがっているものをだよ」

「やっ、そんなこと……っ」

たしかにさっきから漏らしてしまいそうな感覚が下腹に差し迫ってきているけれど、主人の手や布団を汚すわけにはいかない。

縋りついた腕にうずめた顔を振って、六花は涙目で手の制止を願う。

「旦那様……っ、も、離して、くださ……っ、漏れちゃいそう、です……っ」

「出していいって言ってるだろう？　さあ、気をやってごらん」

「やぁっ、漏れちゃうっ、やめて旦那様……っ、汚しちゃ……っから、やめてぇ……ッ」

どこか楽しげな口調の桐一郎にさらに弄られ、慣れない快楽を逃す術《すべ》などわからない六花は切羽詰まって泣きだしてしまう。

「ああ六花、泣くんじゃないよ……。汚すのが嫌なら、先を覆っておいてあげるから」

苦笑混じりに手をゆるめると、桐一郎は枕元に片手を伸ばして竹籠《たけかご》から塵紙《ちりがみ》を取り、それを限界間近で震えている初々《ういうい》しい先端に当てた。

「ほら、これならいいだろう？」

「で、でも……、そんなじゃ、吸いきれないかも……」

しゃくりあげながら不安を口にすると、くすりと笑みが返る。

「そんなにいっぱい出そうかい？　言っておくけど、出てくるのは尿《ゆばり》じゃないよ。お前が思うよりは出ないから、安心して出してごらん」

「は、い……」

頷いたものの、排泄を人に見られるような恥ずかしさに身が震える。あとは出すだけなら、もう自分でもできるような気がしておずおずと彼を振り返った。

「だ……、旦那様……、あとは、もう……」

「出せば今日は終わりにしてあげるから、ちゃんと最後までやってごらん」

桐一郎はそう囁くと、再び六花の張りつめたものを弄り始めた。排出を促すように根本から扱き上げられて、たやすく切羽詰まらされてしまう。

「あっ、はぁっ、や、旦那様っ、だめ……っ、もう……っ、んっ、んー……ッ」

縋りついた腕の着物を噛んで声を押し殺した直後、一瞬頭の中が真っ白になった。びくびくと体が震える。

「上手に出せたね、六花」

「……ぁ……、はぁ……っ、旦那様……」

ぐったりと弛緩《しかん》した体を抱きしめて、桐一郎が耳元に囁く。その低い声にもぞくぞくして、なんだか頭がぼんやりして体に力が入らない。

脱力している間にも彼によって綺麗に拭《ぬぐ》われ、着物を整えられてゆく。

「あ……、そんなこと……、ごめ……なさ……っン」

店主に世話を焼かせていることを謝ろうと泣き濡れた顔を背後に向けると、軽く唇が重ねられた。どうして今おまじないをされたのかはわからないけれど、あたたかくてやわらかい感触はひどく気持ちよくて、体がふわふわと頼りなくなってまぶたがとろりと重くなる。

やさしい唇は静かに離れ、そっと布団に横たえられた。

「もうおやすみ、六花。朝までちゃんと、抱いていてあげるから」

「ん……、はい……。ありがと……ござ……ます……」

笑み混じりの低い声に勧められると勝手にまぶたが閉じてゆき、意識が切れ切れになる。

ぼんやりした意識の端で、この行為のあとは力が抜けるものなのだなと思ったのを最後に、六花の意識は眠気にさらわれてしまった。

【3】


（もう何度、旦那様のお手を煩《わずら》わせてしまったんだろう……）

　店の隅の座敷に積まれた反物の山をひとつずつ手早く巻き直しながら、六花は頬を染めてため息をつく。

　初めて弄られた翌日は少しヒリヒリしていた場所は、約半月たった今では触れられることに慣れたのか、もう簡単に雫《しずく》を零して露出させられてしまう。……桐一郎の手によって。

（じ、自分でできない僕が悪いんだけど……っ）

　ますます赤面しながら、気を紛《まぎ》らわすように次々に反物を巻き直してゆく。しかし日常的に行っている作業は慣れているせいで気を紛らわすほどの効果がない。自然、店主との夜のことに意識が向いてしまう。

「定期的に出しておくといいよ」と言われたので、教えられたように自分でやってみようとしたのだ。けれど、いざやってみようとすると、脳裏に尊敬する店主の顔、声、香り、大きな手が次々に甦《よみがえ》ってきて、このままでは彼を汚《けが》してしまうような気がしてできなかった。

それを聞いた桐一郎はにっこり笑って、「それなら六花の代わりに私がやってあげよう」と、ほとんど毎日、六花の恥ずかしい場所を弄って精を放つ練習をさせる。

頭の中でさえ汚したくない人に直接さわってもらうなんてそれこそ本末転倒だと思うのに、あの低く甘い声で「おいで、六花……」と呼ばれると、頭の中から理性がとろりとどこかへとけ出してしまってその手に身をゆだねてしまうのだ。こんなことではいけないとわかっていても、どうしたらいいのかわからない。

着々と反物を巻き直しながら店の中央に目を向けると、店主は今日も見事な手際《てぎわ》で注文を捌《さば》いている。さっき石山嬢が気の強いお嬢さん方とまとまって来店したから、六花は店主と離れた場所での仕事を頼まれたのだ。

最後の反物を巻き終えたところで、カラリと店の引き戸が開いた。外は風が強いらしく、粉雪と共に藍色《あいいろ》の暖簾《のれん》が舞い上がる。

「いらっしゃいませ、市原様」

「こんにちは、玉井さん。桐一郎さんはお手すきでいらっしゃるかしら？」

番頭の出迎えにしとやかに微笑んだ和風美人が、軽く首をかしげて尋ねた。

（苑子様……？）

数日前に来店したばかりの彼女の再訪が信じられずに、目を瞬《しばたた》く。しかし見間違いではない。

「ご来店ありがとうございます、市原様」

どこか嬉しそうに彼女の方へ向かう店主に、まるで恐怖のような言い知れない感覚がぞわりと背筋を走った。

ゴトンと重たい音に気付けば、持っていたはずの反物が畳の上を転がっていた。

（なにを僕、こんなに驚いて……？）

客商売なのだから、店主の愛想がいいのは当然のことだ。それなのに妙な違和感が拭《ぬぐ》えない。

上等な反物を落としたのが地面でなくてよかったと自分に言い聞かせつつ、六花はくるくると反物を巻き直す手許を見つめる。

「二階にお上がりください。詳しい話をしましょう」

店主の声に、びくっと手が止まった。

伊勢屋の二階は、他の客に邪魔されないよう個室仕様になっている。普段なら貴賓《きひん》しか案内しない場所なのに、どうして一般客の苑子を連れて行くのか……。

理由なんて、決まっている。二人きりになりたいからだ。

「はい。でも、お店の方は大丈夫ですの？　それに六花さんは？」

「大丈夫ですよ。六花は……、一緒に来るかい？」

自ら先に立って苑子を案内していた店主が、振り返った肩越しに尋ねる視線を向けてくる。

そのすらりとした長身に付き従う和風美人のやさしく微笑している黒い瞳と目が合った瞬間、六花は首を横に振っていた。

遠巻きながらも興味津々《しんしん》に店主の様子を窺《うかが》っていた女性客たちが、怒りのため息のような囁きを漏らして突き刺すような視線を飛ばしてくる。きっと、店主と苑子が二人きりになるのを邪魔しなかった側仕えに歯嚙みしているのだろう。

「あら、六花さんが桐一郎さんと一緒に来られないなんて珍しいですわね」

「……慎重に進めたい話ですから、今回は二人の方がいいでしょう」

にこりと店主が笑うと、彼を見上げた苑子も笑みを返す。二人だけの秘密を持っているかのような親密さで。

突然胸にどす黒い靄《もや》が広がって、慣れない感情に六花は泣きそうになった。

こんな感情は嫌だ。こんなの、自分なんかが抱《いだ》いていい感情じゃない。

店主と苑子が階段を上って行く後ろ姿をぼんやりと目で追いながら、六花はうまくできない呼吸を懸命に繰り返す。いい加減に親離れしなくては。

(ちゃんと親離れして……、旦那様に想い人ができたら、僕がお手伝いできるくらいにならないと)

そう思うのに、想像するだけでぎゅっと胸が痛くなってしまう。自分が親離れできる日はまだまだ先らしい。

思わずため息をこぼしつつ、六花は巻き終えた反物を片付けようと立ち上がった。

片手に反物をいくつか抱え、もう片方の手で所定の場所に戻していると、ふいに背後にピリピリした人の気配を感じた。振り返ると同時に肩先に何かがぶつかって、よろめいて数歩下がる。

「ちょっとお前、そんなところにいたら邪魔じゃないの」

「も、申し訳ございません……！」

慌てて頭を下げた六花は、ひやりと背筋を震わせた。

(石山様だ……！)

豪奢《ごうしゃ》な着物姿のお嬢様は、現在すこぶる機嫌が悪い。それもそうだろう。積極的に懸想《けそう》している店主が、他の女と個室へ消えたのだから。

長い前髪の間から怯《おび》えたような緑色の瞳を向ける六花に向かって、石山嬢は唇の端を曲げるようにして意地悪く笑う。

「口で謝れば済むとでも思っていて？　さすが、異人は礼儀を知らないわね」

「……申し訳、ございません……」

深く頭《こうべ》を垂れながらも、六花は困惑する。

反物を片付けていたのは店の端の方だから普段は客が来るようなところではない。それに店内は相当広いから、わざわざ近くを通らなくても好きなところへ行けるはずなのに。

「聞こえないわ。もっときちんと詫《わ》びなさいよ」

そう言うと石山嬢は、頭を下げている六花の肩をドンと突き飛ばす。お嬢様とは思えないほどの力の強さによろけてしまうけれど、なんとか尻餅《しりもち》をつくのをこらえた六花は意地悪い喜びが潜《ひそ》んでいる彼女の声にその目的を悟った。

（僕で、鬱憤《うっぷん》を晴らすつもりなんだ……！）

完全なる八つ当たりだが、六花に抵抗する術《すべ》はない。自分を心底嫌悪しているらしい彼女の目を見ると、申し訳なさと言い知れぬ恐怖にどうしたらいいかわからなくなるのだ。

無様《ぶざま》に転がるとばかり思っていた六花が持ちこたえたのが気に入らなかったのか、険《けわ》しく眉間《みけん》を寄せた彼女の手がぐいと栗色の髪を摑み、ものすごい力で引き倒そうとする。

「ただ頭を下げればいいってものじゃないわよ。だいたい、前髪で隠して人の目もまともに見ようとしないなんて、卑怯《ひきょう》な異人らしいわね」

「痛……っ、ごめんなさい、許してください……っ」

謝罪の言葉が勝手に口からこぼれた。謝っても許してもらえないことはわかっているのに、それでも呪文のように。

「石山様っ、何をなさっているのですか……！」

店内の隅で起きている異変に気付いた番頭が駆け寄ってきてくれ、ようやく力任せの手が離れた。よろよろと身を起こすと、背中に庇《かば》うようにして玉井が石山嬢に向き合ってくれている。

「この者が、何か失礼な真似でも……？」

なだめるように穏やかに問いかける番頭の前で、お嬢様は指に絡んだ細い栗色の髪を不快げに摘《つ》み取っては床に捨てる。

「そこの混血が通路に突っ立っているから、ぶつかってしまったわ。しかもこちらの目を見て謝ることもしやしない。……その人が少しでも誇りある大和《やまと》民族に近づけるように、気味の悪い色の髪を全部抜いてあげた方がいいんじゃなくて？」

残忍な笑みを浮かべて言われて、ぞっと血の気が引く。

無意識に目の前に立つ番頭の背に隠れるように身を縮めて、顔をうつむけた。六花を庇ってくれている玉井が石山嬢をなだめようとしている声を聞きながら、できるだけ目立たないように小さくなる。自分の存在を忘れてくれるように、息をひそめて。

石山嬢はまだひどく怒っている。だけど、きっともうすぐ店主が戻ってくるはずだ。そうしたらもう大丈夫、店主が戻ってきたら彼女はコロリと態度を変えるに違いないし、店主がいつものように全てうまく収めてくれる。もう少し、もうしばらく我慢さえしていれば……。

そんなことを考えている自分に気付いて、六花は頭を殴《なぐ》られたような衝撃を受けた。

（……僕、旦那様に頼りすぎてる……！）

店主の役に立って、少しでも頼ってもらえる存在になりたいと思っていながら、いつだって甘やかして守ってもらうばかりだったのだ。

こんなのいけない。こんな自分が店主に必要としてもらえるわけがない。

ただでさえ気味の悪い外見をしているのに、迷惑をかけるばかりだったらいつ捨てられてもおかしくない。それにも気付かずに頼り切っていたなんて、自分はなんて駄目な子なんだろう。

せめて自分のことくらい、自分で始末をつけられないと……！

ごくりと唾《つば》を飲みこむと、六花はおずおずと番頭の背から前へと進み出た。

石山嬢の言いがかりの要《かなめ》は目を見て謝らないということなのだから、きちんと顔を晒《さら》して謝れば許してくれるかもしれない。……猫のような緑色の瞳をはっきりと見たら、今まで以上に気持ち悪がられてしまうだろうけれど。

「な、何よ……？」

思い詰めたかのような六花に、石山嬢がじりっと後ずさる。

六花は瞳を閉じると小刻みに震える手で、まさしく清水《きよみず》の舞台から飛び降りるような気持ちで前髪をかきあげた。今まで隠してきた、大嫌いな自分の顔を晒《さら》すために。

ふわりと前髪が分かれると、額《ひたい》が涼しくて、目の周りがひどく無防備な感じがする。心許《こころもと》なさを無理やり抑えこんで、勇気を振り絞ってゆっくりとまつげを上げた。

「ぶつかってしまって、本当に申し訳ございませんでした」

石山嬢の小さなつり目を真っ直ぐに見つめて謝ると、彼女は息を呑んだ後、呆然と固まってしまった。

「あ……、あの……？」

無言でひたすら凝視してくる彼女に困って隣に目を向けると、番頭も、それどころか店内にいる客と店員の全員が、みんな言葉を失ったようにこちらを見ている。

（……そんなに、気持ち悪いのかな……）

桐一郎やその身内からは慰めだろうけれど緑色の瞳を「綺麗だ」と言ってもらっていたので、声も出せないほどの拒絶反応をされるとは思っていなかった。まるで異界の魔物にでも出会ったかのような態度をとられると、さすがに落ち込む。

「まあ……！　六花さんって、西洋画の天使様みたいなお顔だったんですねえ！」

突然明るい声が響いて、しんと静まり返っていた店内の時を再び動かした。あちこちで一斉《いっせい》にざわめきが起こる。

「……たしかに。あんまり綺麗で、驚いて息が止まりましたわね……」

「……帝国劇場《ていこくげきじょう》で今主役を演じている、混血の美少年に似てませんこと？」

「……あら、こちらの方がかなり可愛らしいですわよ……」

ひそひそと囁き交わされる声も耳に入らず、六花はきょとんと声のした階段の方へ顔を向けて首をかしげた。

「天使様……？　僕が……？」

瞳を輝かせた苑子が感激したようにパチパチと手を叩いてやってくる。そのあとからこちらにゆったりと向かってくる桐一郎は、なぜかごく淡い苦笑を浮かべていた。

「……六花は顔を見せるのをあんなに嫌がっていたのに、何かあったの？」

くしゃりと髪を撫でた店主に問われ、六花は戸惑った視線をまだ呆然としている石山嬢に向ける。それで我に返ったらしい彼女が、頬《そうば》を染めてツンと顎《あご》を上げた。

「か、顔を隠したがるのは、昔から悪人と相場が決まっていますわ。やましい者でないのなら、今後はそうしてちゃんと顔を見せるようになさい！」

「は、はい……。申し訳ございません」

今にも走り出しそうな足取りでお付きの者のところへ向かう背中に深くお辞儀《じぎ》しながら、六花はほっと息をつく。とりあえずは最初の目的通り、目を見て謝ることで彼女の気はすんだらしい。

「……なるほどねえ、だいたい経緯《いきさつ》は読めたかな……。こうなるとだいぶ印象は薄くなってしまうけれど、予定通り私たちのことも発表しておきましょうか、苑子さん？」

「はい。せっかく今日は大安ですからね」

優雅な頷きを返した苑子が、店主と目を見合わせて含みのある笑みを交わす。

ふいに六花は、ここから走って逃げてしまいたいような衝動に駆られた。

嫌だ、聞きたくない、聞いたらいけない……、ぐるぐると体の中で何かが暴れ出すのを、こぶしをきつく握って抑えつける。

（僕も親離れしないと……いい加減に）

何度も親離れ、親離れと胸の内で唱《とな》えるけれど、自分に本当に親がいたとして、離れるときにはこんなにつらいものなんだろうか。

その疑問に答えを見いだせないままの六花の側で、店主は低いのによく通る声で簡潔に、しかしはっきりと公表した。

苑子との婚約を。

直後に店のあちこちで悲鳴があがり、気を失った女性客がその場で次々に崩れ落ちる。彼女たちを助け起こそうと番頭を筆頭に店員が走り回り、泣き声や叫び声、慌ただしい喧噪《けんそう》が店内に満ちた。いくら店主が人気者だからって、こんなのまるで嘘みたいだ。

そう、とても現実とは思えない……。

聞いたことや見ているものを拒否するように、六花の感覚はぼんやりしていた。強すぎるショックに感覚が麻痺《まひ》することがあるなんて、六花本人は知る由《よし》もない。

かろうじて、隣にいる苑子の声だけが耳に届いた。

「桐一郎さんも大変ですわねえ」

まるで他人事《ひとごと》のような感想を述べる彼女に、桐一郎はくすりと笑う。

「おかげさまで。ですから私にも、貴女《あなた》が必要なんですよ」

店主には、彼女が必要なのだ。自分ではなく。

それが脳に届いたとき、六花は人が悲しみで死ぬことができないのを不思議に思った。

白地に藍色の繊細な染付《そめつけ》が映える飯碗《めしわん》にご飯をよそって両手で手渡すと、いつものようにお礼代わりにくしゃりと髪を撫でられる。

店主の手は相変わらずやさしい。

婚約者ができたからといって、六花との関係は何も変わらないのだから当然だ。上手に親離れできていない自分が、ただ妙に悲しいだけ。

大きな手が離れると同時に上げていた前髪がはらりと落ちて、慣れ親しんだ狭い視界が戻ってきた。はっきりと表情を見られないことになんとなくほっとする。

「桐一郎さんたら、せっかく六花が可愛い顔を出してくれたのにまた隠れてしまったじゃありませんか」

お盆で汁椀を運んできた椛が、夕餉《ゆうげ》の支度が整う間座卓で新聞を読んでいる息子を咎《とが》める。

「あ……、いえ、僕としてはこっちの方が落ち着くので、旦那様をお叱りにならないでください」

慌てて言ったのだが、どうやら逆効果だったようだ。きゅっと眉根を寄せた椛は六花の前に膝をつき、しなやかな両手で栗色の髪をかきあげて再び顔を晒させる。

「何を言っているの、六花。桐一郎さんが無理強《じ》いはいけないというから何も言わずにきましたけれどね、本当はずっとその前髪を切るか分けるかして、あなたは顔を見せるべきだと思っていたのですよ。こちらの方がずっと可愛らしいのですから！」

「……すみません……」

のんびり屋の椛から思いがけないほど早口の反撃を受けて、つい謝ってしまう。

桐一郎は苦笑して新聞を脇に置くと、六花を手招いた。隣に寄って正座すれば、袂《たもと》から純白の、細い丸ぐけの帯締《おびじ》めを取り出す。

「噂《うわさ》は千里を駆けるし、可愛いからこそ心配だったんだけどねえ……。見られたからにはもう隠す意味もないから、その前髪をなんとかしようか。六花、ちょっと頭を貸してごらん」

「え？　はい……」

わけがわからないままに頭を差し出すと、唇に細い帯締めを挟んだ桐一郎はやさしい手つきで栗色の前髪を額の上でまとめ、長さを半分に折った帯締めで括《くく》ってしまう。もちろん仕上げは蝶々結びだ。

「まあ、可愛い！」

椛が手を拍《う》って褒めてくれたけれど、複雑な顔になってしまった。

「……あの、この髪型、幼い子どもっぽくないですか……？」

「ああ、そういえばそうだ。でもよく似合っていて可愛いし、こうしておけば前髪が邪魔にならないだろう？　家にいる間だけでもそうやってまとめておくといい」

「……ありがとうございます」

今まで顔を隠してくれていた前髪がうっかりでも落ちてこないのは心許ないけれど、店主が満足げだからもうそれでいい。第一、彼の厚意を無にするわけにはいかないのだ。ありがたく帯締めを頂戴《ちょうだい》することにする。

今夜はおでんだったので、六花は大きな火鉢の上でコトコトと湯気をたてている鍋から店主の好物である大根を多めに皿に盛って彼の前に置き、練《ね》り辛子《がらし》を取りやすい位置に置いた。

「ん、ありがとう。じゃあ食べようか」

いつものように桐一郎と椛と六花の三人で座卓を囲む。「いただきます」と手を合わせ、家長である彼が食べ始めてから箸《はし》を手に取った。寒い夜、しかも女中頭が気合を入れて前の晩から煮こんでくれていたおでんは、よく味がしみていて美味しい。

最初は食欲がなかったのに、みんなで談笑しながら熱々のおでんをはふはふと口に運んでいるうちに、沈んでいたはずの気分が少し浮上する。そのことに気付くと自分の単純さがおかしくて、また少し浮上した。

なごやかな食事中、椛がふと嬉しそうに目を細めて食卓を眺めた。

「これからは、苑子さんがここに加わるのねえ。楽しみだわ」

その発言を聞いた瞬間、なぜか六花の食欲と明るい気持ちはどこかへ吹き飛ばされてしまった。

椛に話を合わせて時には微笑みながらも、もそもそと味のしなくなったお米を店主を心配させないためだけに口に運ぶ。自分でも何が起こったのかよくわからないままに。

「それにしても桐一郎さんたら、秘密主義なのねえ。なかなか結婚話に乗り気になってくれなくてやきもきしていたら、いきなりの婚約発表ですもの！　まあお相手はさすがに、見る目のある貴方《あなた》らしいですけれどね」

椛に明るく詰《なじ》られ、桐一郎は淡く苦笑する。

「まあ、いろいろありましてね……。六花、私と彼女についての話、聞いておきたいかい？」

どこか真剣な色を宿《やど》した瞳で見つめながら問われ、六花は無意識に小さく唇を噛んだ。

……聞きたくない。店主と彼女ののろけ話など。

けれど、なんとか微笑んで答える。

「旦那様がお聞かせになりたいなら、お聞かせください」

「……そうじゃないよ、六花。私は、お前が聞きたいかどうかをきいたんだ」

どことなくがっかりしたように言われて、困惑してしまう。

彼が話したいことなら、どんなことでも聞きたい。彼が話したくないことなら、もう聞かなくてもいい。ただそれだけなのに。

困ったようにおろおろと瞳を揺らす六花に気付くと、店主は慰めるようにぽんぽんと頭を撫でてくれながら苦笑した。

「お前はもう少し、我が儘を言えるくらいの自我を持つといいね」

「すみません……」

何が悪いのかよくわからないながらも彼をがっかりさせてしまったことにうつむいて謝る六花の横で、椛が身を乗り出した。

「私は聞きたいですよ、貴方と苑子さんの馴れ初《なそ》め！　話してくださいな！」

少女のように瞳をキラキラさせて興味津々な顔をしている母親に、桐一郎はくすりと笑って返す。

「母上には秘密です」

「どうしてなの？　六花には話せるのでしょう？」

「六花は特別ですから」

ぷうっとふくれる母親に向かって桐一郎がさらりと言ってくれた一言に、六花は嬉しいような、泣きたいような、ひどく複雑な気持ちになったのだった。

雪の夜、床《とこ》に横になった耳の奥に、しんしんと雪の降る音がする。

いや、本当は音なんかしていないのだろう。

けれども六花には、聞こえる。

鼓膜から、ゆっくりと、着実に体を冷やし、凍らせてゆく音が。


（……まだかな……）

裏通りにある空《あ》き地の大きな樅《もみ》の木の下で、幼い六花は誰かを待っていた。

辺《あた》りは真っ暗で、ぼんやりとした雪明かりの原っぱと、舞い落ちる牡丹雪《ぼたんゆき》以外何も見えない。

（寒い、な……）

抱きかかえた膝に、冷たい鼻先をうずめる。昼過ぎからずっとこうしているから、おなかもぺこぺこだ。

自分から待ち人を探しに行きたかったけれど、ここから動いたらまた何か怖いことが起こるらしいから動けない。寒くて、空腹で、心細くて涙が出そうになるけれど、一生懸命に涙をこらえる。泣くと、今よりもっとひどいことがいつも起こるから。

（あのひと、やさしかったな……）

夕方に通りかかった背の高い、やさしい目をした端整な顔立ちの男の人のことを思い浮かべる。人を待っているからここから動けないと言ったら、「今日は冷えるから、せめてこれをあげよう」と、着物の上に羽織っていた二重回《インバネス》しの外套《コート》でくるんでくれたのだ。それはあたたかくて、ふわりと品のよい東洋的な香りがした。

このコートがなかったら、幼い子どもはとっくに凍死していただろう。

（おむかえがきたら、このコート、ちゃんとかえしにいかなくちゃ……）

どこの誰かはわからないけれど、彼のことを考えていると心細さがなくなっていくのでひたすら彼のことを考える。……でも、寒い。

それを我慢していたら、つま先や耳の感覚がなくなって、だんだん眠たくなってきた。

ざざっ、と頭上で音がした。

ぼんやり目を上げると、雪の塊《かたまり》が一瞬にして目の前に迫ってきた。

「……っ」

叫ぶこともできないままに樅の木からの雪しずりに埋められる。息ができない。苦しい。しばらくもがいていたけれど、そのうちだんだんまた眠くなって、意識が遠くなってきた。

……もう寒くない。このまま眠ってしまえば、とても楽になれそうだ。……きっと、その方がみんなにとってもいい……。

「……おいっ、大丈夫か……っ？　しっかりしなさい……！」

ぐいっと、強い力が体のどこかを掴んだ。雪の布団がなくなってゆく。何かにくるまれて、

世界が揺れる。また寒くなる。いやだ、もういや。起きたくないのに……揺らさないで。

深く眠りたいのに、呼びかける声の響きがどうしても気になる。

気力を振り絞ってうっすらと目を開けると、心配そうに見つめている綺麗な切れ長の瞳と目が合った。彼がほっとしたように微笑んで、目覚めたことを褒めるように髪を撫でてくれた瞬間、なぜだかずっとこらえていた涙が堰《せき》を切ったように溢れた。


「……か……、……六花、大丈夫かい？」

やさしく肩を揺らしながら声をかけられて、はっと目を覚ます。

ここは自分の布団、揺すっていたのは桐一郎だ。店主の部屋から漏れ入る明かりのみの薄暗い中でふらふらと上体を起こすと、心配そうに顔をのぞきこまれた。

「泣きながら眠っていたけれど、どうしたんだい？」

「あ……、すみません……」

手拭いでそっと拭われて、六花は自分の頬が濡れていたことに気付く。拾われた日の夢を見たのは、久しぶりだった。

「雪の夜は必ず私のところへおいでと言っているだろう？　降っているのに気付かなかった？」

くしゃくしゃと髪を撫でてくれる手に、胸が詰まる。

雪が降っていることには気付いていた。だけど、今夜からは一人で寝なくてはと思ったのだ。

「……旦那様には、苑子様がいらっしゃいますから……、あの……、抱きしめていただくのは、よくないんじゃないかと……」

うつむいたまま途切れがちに答えると、桐一郎が首をかしげる。

「どうして？　ほら、行くよ六花」

「ひゃ……っ」

ひょいと横向きに抱き上げられて、驚いて間の抜けた声が出た。しかし店主は一向に意に介した様子もなく、そのままさっさと自室へ向かってしまう。彼の体からふわりといつもの香りが漂ってきて、心臓が勝手に高鳴りだした。

座敷ランプのぼんやりした明かりの中、布団に胡座《あぐら》で座した店主の膝の上に横向きに抱えられた状態で六花は慌てる。

「ま、待ってください……っ」

体を横たえさせようとする彼の広い胸に手を当てて止めると、怪訝《けげん》そうな顔をされた。

「こ、こんなの、駄目です……っ。旦那様には、婚約者がいらっしゃるのに！」

「たしかに婚約者はいるけれど、特に問題はないんじゃないか？　私はただお前を抱きしめて眠るだけだし……」

「で、ですが……っ」

かーっと頬を染めて、六花は小さな声で告白する。

「……旦那様に抱きしめていただくと、僕、あの……、アレが、勝手に……」

曖昧《あいまい》な言い方でもちゃんと伝わったらしく、彼が微笑して請け合った。

「ああ……、そうなってもちゃんと面倒みてあげるから、心配することはないよ。ほら、もう寝よう」

「め、面倒をみていただくのが、よくないと思うんです……っ」

自分が反応しなければいいだけの話なのだけれど、店主に抱きしめられたらもう体が言うことを聞かないのだ。反応すれば、自分でできない六花に代わって桐一郎は責任をとってくれようとする。それはなんだか、婚約者のいる人にしてもらってはいけない気がする……。

六花の表情を観察していた桐一郎が、納得したように頷いた。

「六花は不義《ふぎ》をはたらいているような気持ちになっているんだね？　婚約者ができたからって、そんなに気にすることはないのにねえ。私はお前が出すのを手伝っているだけで、女の子のように抱いているわけでもないんだから」

「あ、当たり前です……！　男同士でそんなことはもともと不可能じゃないですか！」

とんでもないことを言う店主に赤面しつつ答えれば、くすりと笑われてしまった。

「お前は無垢《むく》だから、何も知らないんだったねえ……。実は男同士でも、男女間と同じように交合できるんだよ」

「えぇ……っ⁉　で、でも、女の人しか子どもは産みませんよね？」

「ああ。さすがに子は生《な》せないよ。でも交《まじ》わること自体は可能なんだ」

「ど、どうやってですか……？」

男女間の交わり自体想像もできない六花にとって、同性間なんて考えたこともない摩訶《まか》不思議な領域だ。あまりにも不思議で質問してしまうと、逆に苦笑混じりに聞き返された。

「本当に知りたい？」

「え……、はい……。あ、でも、旦那様がお教えになりたくないなら……っ」

「いや、できれば教えておきたいけれどね……。少し、理性に自信が持てないだけだよ」

いつでも穏やかかつ冷静な店主が理性に自信を持てないなんてと、六花はきょとんと首をかしげる。しかし彼が本当は教えておきたいことならば、彼に仕える者として自分は知るべきだろう。

「よろしかったら、お教えください」

瞳を見上げて真剣にお願いすると、店主が苦笑混じりで頷いた。

「それじゃあ要点を教えてあげよう。あまり想像はできないかもしれないけれど、男同士の場合はここを使うんだよ」

裾を割って、横向きに抱かれて立てている膝の間を通った大きな手がするりと伸ばされ、下帯の上からお尻の谷間を軽く撫でた。ぞくりと走った不思議な感覚に身が震えるけれど、それ以上何もせずに手は離れる。

「え……、えっと……？」

困惑した瞳を向けても、淡い苦笑が返ってくるばかりでそれ以上説明してもらえる気配はない。

もしかしたら男女間のことを知っていれば想像できるのかもしれないが、六花にはとても無理だ。このままでは店主が教えておきたいと言っていたことをまったく理解できないままになってしまう。……きちんと彼に仕えたいのに、そんなのは困る。

六花はおずおずとさらなる教授を願い出た。

「……あの、僕、全然わからなくて……。もう少し、わかりやすくお教えいただけますか？」

自分の無能さが悲しくて潤んでしまった瞳で見上げると、店主は困ったような苦笑を浮かべる。

「本当に六花は……一途《いちず》で、難儀《なんぎ》な子だねえ」

「あっ、す、すみません……っ」

面倒をかけてしまうことが申し訳なくて謝ると、くしゃりと髪を撫でられた。

「謝らなくていいよ。……それじゃあ、どこを使うか直接さわってもいいかい？」

「はいっ。旦那様のお教えしやすいように……ひゃあっ⁉」

答えている間に、下帯を引き下ろした大きな手に思いもよらなかったところを軽く撫でられてぞわりと体が震え、裏返った声が上がった。

「や、や……っ、そんなとこ、汚いですよ……っ？」

やわやわと撫でられるたびに得体の知れない感覚が背筋を這《は》い上がり、六花は泣きそうになりながら店主の胸元に縋りつく。びくびくと震える体を抱きしめた桐一郎は、背中を支えている方の手で髪を撫でてやりながら染まった耳元に囁きかける。

「大丈夫、六花に汚いところなんかないよ……。ここ、撫でられるの気持ちいいみたいだねえ？　見てごらん、前が潤んできているよ」

言われるまま視線を下に向けると、言葉通りに恥ずかしく興奮を表している自分のものが目に入って六花は息を呑んだ。店主に抱きしめられると簡単に反応してしまうのはわかっていたけれど、まさかあんなところを撫でられてこうなるなんて。

見ていられなくてぎゅっと目をつぶり、恥ずかしさのあまり固い胸に頰をうずめてかぶりを振った。

「だ……、だって……っ、旦那様の、お手だから……っ……」

「私の手だから？　他の人だと、こうはならないと思う？」

そこをやわらかく揉むように撫でられ、ぞくぞくして息があがる。考える間もなく、唇から勝手に言葉が飛び出した。

「他の人なんて……っ、考えられません……っ」

「……これでも無自覚だからねえ」

くすりと笑った気配がして、蕾《つぼみ》を撫でていた手が離れる。

「……ふ、あ……？」

いつの間にか滲《にじ》んでいた涙で潤んだ瞳を上げれば、店主が長い指を二本、ゆっくりと舐《な》めて濡らしているところだった。その瞳の色っぽさにドキリと胸が鳴る。

「……男同士でどうするかというとね……、今撫でていたところをよく濡らして、ほぐして……挿《い》れるんだよ」

「い、いれるって、指を……？」

再び戻ってきた指に蕾を撫でられて、ぬるりとしたさっきとは違う感触に身が震えた。ドキドキしすぎてめまいがする。

「最終的には、男性器をね」

「そ、そんなことが……！」

「できるんだよ。ほら、六花のここも、だんだんやわらかくなってきた……」

そう言われてみれば、ぬるぬると撫でられ、揉むようにして捏《こ》ねられているだけなのに、そこがまるで中へ誘うかのようにひくついているのがわかった。

つぷ、とわずかに指先が入りこむと、ぞくりと背筋を震えが走って奥がきゅんと疼《うず》く。

「……すごく、欲しそうにしてる」

「ごめ……なさ……っ」

未知の体験にもかかわらず貪欲《どんよく》な反応を示す体を指摘されて、かあっと頬を染めた六花は桐一郎の胸に顔をうずめる。頭上で、くすりと彼が笑った気配がした。

「いいよ。指くらいなら、お前も罪の意識を感じないですむだろう？」

「え……？　あ、は……！」

ゆっくりと、長い指が身内に潜りこんでくるのを感じた。たっぷり濡らされたそれが今自分を抱きしめてくれている主人の一部だと思うと、ひどく胸が高鳴って、もっと奥まで欲しくなる。

「あ……、あ……、旦那様が……なかに……」

「……うれしい？」

六花の無意識を素直に表すように、触れられてもいない先端からとろりと蜜《みつ》が溢れたのを認めて、低く甘い声が問いかける。

理性などはたらく間もなく、六花は彼の胸にうずめていた頭をこくんと縦に振った。

「はい……、あっ、んん……っ⁉」

答えた瞬間、ずぷりと一気に奥まで指を押しこまれ、反射的に顔を上げた途端に唇を奪われた。いつものおまじないかと思いきや、薄く開いていた唇の間からぬるりと何かが入りこみ、口内を甘く蹂躙《じゅうりん》する。

「ん……っ？　んっ、ふぁ……っ、はぁん……っ」

唇を深く犯されているせいでうまく息ができず、呼吸しようと口を大きく開けるとさらに奥までぬるりと艶めかしいものに愛撫される。

(なに……っ？　何が、こんな……？)

頭の中からとかしてしまうような、甘く淫《みだ》らな快楽。体内を掻《か》き混ぜる指と共に、意識を朦朧《もうろう》と霞《かす》ませ、体を燃えるほどに熱くしてゆく。

「んっ、んふっ、んぅー……ッ」

このままでは店主を汚してしまうかも、と、ちらりとよぎった考えに夢中で自分の先端を両手で押さえこんだ瞬間、深く口づけられたまま六花は達していた。

びくびくと内股を震わせて手の中に放出しきったあとで、ようやく桐一郎の唇が離れ、ずるりと指が引き抜かれた。うっとりと潤んだ瞳でとらえた彼の眼差しが、どこか獰猛《どうもう》な美しさを孕《はら》んでいてひどく胸が騒ぎ、心臓が甘く痛む。

「……旦……那、様……」

乱れる息の合間に胸から溢れるように呼びかけると、ふ、と短く息を吐いた桐一郎が背中に回していた腕に力をこめて、ぎゅっと抱きしめてくれる。

「……口づけと後ろだけの愛撫で気をやれるなんて、六花は愛されることに向いている躰《からだ》をしているね」

「え……？　えっと……」

いつもは前を弄ることで放出しているのだから、もしかしてそれなしで出せるのはおかしなことなのかと上気した頬をさらに染めるけれど、彼の甘い声は褒めてくれているようだからどう反応したらいいのかわからない。

真意を窺うように瞳を上げた六花は、太股の横……、ちょうど店主の下腹辺りにさっきはなかったはずの熱の塊があることに気付き、首をかしげた。

ふ、と桐一郎が苦笑する。

「さすがに今日は、御《ぎょ》しきれなかったなあ」

呟きに、それの正体にようやく気付いてかっと頬が染まる。おろおろと目が泳いだ。

自分のものとはあまりにも違う大きさで思いもよらなかったけれど、場所が場所だけに他のものはありえないだろう。

（……だ、旦那様のも、こんな風になるんだ……！）

もちろん彼は立派な成人男子なのだから、驚くこと自体がおかしい。それでも、いつも穏やかで冷静、やさしくて綺麗な桐一郎が、自分と同じように抑えようのない熱に体を支配されることがあるなんて不思議な気がした。しかも六花には、彼を興奮させた原因がどこにあるのかわからないぶん、なおさら。

しかし店主には熱を持った立派なそこをどうこうしようという気持ちはないらしい。平然とした顔で六花の髪を撫でている。

つらくはないのだろうかと心配になった六花は、ふと自分のすべきことに思い当たった。

「あの、僕、お手伝いします！」

「……六花？」

珍しく驚いたように瞠目《どうもく》した店主に、六花は頰を染めつつも訴える。

「いつも旦那様にしていただいているようにできるよう努《つと》めますから、僕にお手伝いさせてください」

ふ、と桐一郎が笑った。くしゃくしゃと髪を撫でられる。

「自分のものもまだできないのに、私のものをさわれるの？」

「で、できます！　あ……、うまくはないと思いますけど……、でも、旦那様に、少しでもご奉仕したいんです。……させていただけませんか？」

おずおずと見上げると、呆れたかのように六花の頭に額をつけた彼に嘆息された。その様子に不遜《ふそん》な申し出だったかと思い至る。

「す、すみませんっ、僕なんかが……っ」

泣きそうになりながら謝ると、やさしく微笑した店主が首を横に振った。軽く口づけをくれてから、くしゃりと髪を撫でる。

「そうだねえ……、どうせなら、一緒にしてみようか？　……奉仕してもらうと本当にタガがはずれそうだし……」

「え……？　一緒にって……？」

後半をよく聞き取れなかった六花が不思議そうに見上げた直後、両脇に手を差しこまれてひょいと体を持ち上げられ、向かい合わせになるように彼の腰を跨《また》がされた。寝間着の裾が大きくはだけ、まだ濡れているものがあらわになる。

「やっ、旦那様、見えて……っ」

「隠してはいけないよ。一緒にしようと言っただろう」

そう言って止めた店主は、手早く自分の裾を割って自らのものも取り出した。

（わ……、すご……い……）

座敷ランプの薄暗い明かりの中でも、その大きさ、形、色でさえもが自分のものとまったく違って、りゅうとした迫力があることに六花は目を見開く。完全に別物にしか見えないが、桐一郎のものだと思うと妙に胸がときめいて、触れてみたくなって、じっと見つめてしまう。

「……さわってもいいよ」

まるで心を読んだかのような低い声の誘いに無意識に手を伸ばしかけた六花は、自分の手がさっき放ったもので濡れていることに気付いてぱっと引っこめた。

「あ……あの、僕の手、汚れていますから……っ」

せめて綺麗に拭いてからと枕元の竹籠に手を伸ばそうとすると、その手を桐一郎に捕らえられた。

「汚れてなんかいないから……お前のこの手で、さわってごらん」

「は、い……」

甘い囁きに逆らうことなどできずに、六花は自分の両手で彼のものを包みこむ。手の中でさらに質量を増したその熱がなぜか嬉しくて、胸が高鳴った。

「六花のも、一緒に」

「はい……」

言われるがままに、いつの間にか再び熱を持ち始めた自分のものを彼の剛直に沿わせると、触れたところが熱を移されたようにジンとして、あっという間にふくらんでゆく。

「そのまま擦り合わせて……、そう……こんな風に」

片手で髪を撫でてくれながら、もう片方の大きな手で六花の手を包みこんだ桐一郎が二人のものを巧みに交わらせる。手を濡らしていたもののせいで擦れ合うたびに濡れた音がたち、それが羞恥と快感を煽《あお》った。

「あっ、んく……っ、やっ、だめ、です……、そんな……っ……」

「こうすると気持ちいい？　六花、ここもさわってごらん……」

どこか楽しそうに六花の反応を見ながら、桐一郎は重ねた手で巧妙な愛撫を施す。直接触れているのは自分の手のはずなのに、予想のつかない動きに翻弄され、彼の熱が気持ちよくて、そこからとけてしまいそうだ。息が乱れて、勝手に甘えたような声が零れた。

霞がかかったような頭の奥に、本人すら気付かないまま欲望の炎が灯《とも》る。

無意識下でそれをいけないことだと感じて、六花は声が出てこないように唇を噛んで、店主の肩に上気した顔をうずめた。それでもくぐもったあえぎ声は漏れてしまう。

「んっ、んふ……っ、んん……っ」

「声……、出してもいいんだよ、六花」

わずかに息を乱した色っぽい声で囁かれて、体が震える。けれど、六花はかぶりを振った。

「……めっ、だめ、なんです……っ。変なこと、言いそうで……っ」

「変なこと……？　どんな？」

いかにも興味を惹《ひ》かれたような桐一郎に問いかけられて、六花はまた首を横に振る。自分でもまだはっきりとはわからないけれど、それに気付いたらいけない気がする。

「……何か、私にしてほしいことがあるの？」

ほとんど耳に唇がつくほどの距離で囁かれると、かあっと全身の熱が上がって頭の中がくらくらした。答えがすぐそこに見えてきたけれど、認めたらいけない。

必死で自分の欲望を拒否しようとしているのに、おそろしく切れ者の主人は六花が頬を染めて震えている様子から何かを悟ってしまう。

ふ、と微笑して、片手を細い腰に回した。六花の体が、びくりと震える。

「……もしかして、ここに、私が欲しい？」

さっき指を飲みこまされた場所を軽くなぞられて低く問われると、ぞくぞくと全身を甘い戦慄《せんりつ》が走った。それこそが自分の望みなのだとうとう自覚してしまう。けれど、六花は慌てて首を横に振った。

「ちが……っ、違うんです、そんなの、いけない……っ」

「……だけど、本当は私が欲しいの？　本当に欲しいなら、六花にあげるよ……」

砂糖よりも甘い、心臓を止めてしまう毒のように危険でやさしい低い声の問いかけに、思わず頷きそうになる自分を抑えて必死の思いで首を横に振る。

店主はとてもとてもやさしいから、今まで自分からは何も望まなかった六花が望めばきっと叶《かな》えてくれようとするだろう。だけど、そんなことをしてはいけない。どこの誰かもわからない、しかも異国の血の混じった同性の自分が彼を望むなんて、そんなことは許されない。

「お側に置いていただけたら……、それだけで、十分です……」

半ば自分に言い聞かせるように瞳を潤ませて答えると、桐一郎が何か言いたげな苦笑を浮かべた。

「……まったく。泣いても知らないよ……？」

呟くなり、深く唇を合わせてくる。

（あ……、舌、だ……！）

さっきと同じように口内にすべりこみ、自分の舌に絡められたものが彼の舌だとわかると、さっき以上の快楽に全身がやわらかくとかされてゆく。

二人のものを愛撫する手に添えられていた大きな手はいつの間にか腰に回っていたけれど、それにも気付かないほどに六花は彼に酔い痴《し》れていた。体温が上がったせいか、いつもより濃厚な彼の肌の香りも意識を朦朧とさせ、何も考えられなくなってしまう。

「……んっ、はぁ……っ……、旦那様……、旦那様……っ」

胸の中に今にも溢れ出しそうに満ちているのに、それをどう言葉にしたらいいかわからずに六花はひたすら主人を呼んだ。欲しいなんて言えないのに、どうしようもなく彼が欲しい。

自分は男なのに。自分なんかが彼を求めてはいけないのに。

ふ、と色っぽく桐一郎が微笑する。

「六花……、指、入れてあげようか……？」

考える間もなく、こくんと頷いていた。指ならきっと、婚約者への不義にはならないだろうと無意識に判断した自分の浅ましさに気付いて、情けなくて泣きたくなる。けれど、少しでもいいから彼が欲しかった。分不相応《ぶんふそうおう》な、願い。

「ごめ……なさい……、ごめん……なさ……っ……んっ」

泣きながら謝ると、唇を深く塞がれた。直後に、長い指が押し入ってくる。内側を彼の一部が満たしてくると思うと、言葉にならない悦《よろこ》びに全身が一気に高揚した。

「……もう少し、我慢できるね？　一緒に終われるように、あまり六花のものには触れないようにおし」

「はっ……い……、あぁ……っ」

頷いて、彼のものだけを手で愛撫するようにしても、抱えた腰を揺すられるとくちゅりと音をたてて自分のものもそこで擦られてしまう。深く口づけられて、彼の指に掻き混ぜられながらそうやって擦り合わされると、何がなんだかわからなくなって勝手に涙が零れた。

「あっ、あはぁ……っ、旦那様……っ、や、もう……っ」

「いいよ……、私も出すから」

さらに濃厚になった愛撫に頭の中がぐちゃぐちゃになって、手の中にある彼の熱いものと、後ろを掻き混ぜる長い指の境界線が曖昧になってゆく。それが六花を陶然とさせ、とうとう限界を超えた。

「あっ、あー……っ」

厚い肩に濡れた頬をうずめてその時を迎えた六花は、幸福感と罪の意識に涙を溢れさせた。

【4】

母屋の廊下を歩きながら少し重みのある袂に手を入れて、六花はため息をつく。接客している間に、そこには封筒がいくつか入れられていた。

（……旦那様の、おっしゃった通りだ）

店で前髪を上げて顔を晒した翌日、桐一郎は「これから六花目当ての客が増えるから、しばらく忙しくなるよ」と予告した。

そのときは自分なんかを目当てに来る客がいるとは思えず本気にしていなかったのだけれど、実際は店主の言葉が的中、今まで不快なものは見たくないとばかりに六花を無視していた客が、突然手のひらを返したかのように手招くようになった。

「間近で見ても本当に綺麗ねえ。白磁の肌とはこのことね」

「まあ、まつげの長いこと！　それに色硝子《いろガラス》のような瞳……。ちょっと笑って見せてくださる？」

などと、珍しい異国の人形か何かのようにもて囃《はや》され、こうして手紙をもらうようになった。内容は他愛もない褒め言葉だ。時には好奇心からか、「二人きりで会ってお話ししたい」という大胆なものもある。

しかし褒められても、迫られても、六花は嬉しいというよりは戸惑い、望まれるように振る舞おうとして疲れてしまう。

「あらっ、六花じゃないか。店に出てなくていいのかい？」

滑舌《かつぜつ》のよい早口に振り返れば、女中頭のおヨシが湯気のたつお茶を載せた盆を持って立っていた。白髪混じりの髪をひっつめている痩《や》せた彼女は、見た目も口調もきついが面倒見のよい人だ。

六花はこくんと頷いて答える。

「旦那様が、少し休んできなさいって……」

慣れない愛想笑いのしすぎで頬の筋肉が痙攣《けいれん》し始めるのを感じた矢先、桐一郎が半ば強制的に六花に休憩を与えた。それで自室に向かうところだったのだ。

納得したように頷いたおヨシの鋭い小さな目が、六花の手許に留まる。

「なんだいそりゃ、六花が綺麗な顔をしてるってわかった途端、懸想文《けそうぶみ》なんか出してくるのかい？　現金なもんだね」

「綺麗とかっていうんじゃなくて、珍しいだけだと思うんですけど……」

「珍しいのなんか最初からじゃないか」

鼻を鳴らすおヨシに思わず苦笑してしまう。身も蓋《ふた》もない言い方だがその通りだ。

並んで歩きながら、六花は客用の湯飲みの行き先を聞いてみた。

「どなたがいらしているんですか？」

「市原の苑子様だよ。旦那様の婚約者の」

わざわざ説明をつけて言われて、怯えたように心臓が跳ねた。両家は先日結納《ゆいのう》を交わし、苑子は桐一郎の正式な婚約者となったのだ。言いようのない罪悪感がこみあげてくる。

初めて桐一郎の指で後ろを弄ってもらった日以来——店主が自らを六花にさわらせてくれたのはあのときだけだが——、それはもう定番の愛撫になってしまっていた。指だけなら不義にならないのだとしても、彼の長い指でそこを弄られているうちに毎回いつの間にか頭の中では別のものに変換され、六花としては不義をはたらいていないとは言いきれない気持ちなのだ。

そんな気まずい胸の内も知らず、おヨシがとんでもない提案をしてくる。

「旦那様のお手がすくまで、六花がお相手をして差し上げるといいね」

「ええっ、そんな、そんなの無理です……！」

ぶんぶんと首を振って辞退しようとすれば、じろりと睨《にら》まれた。

「どうせ休憩時間なんだろ。苑子様が意地の悪いお人ならアタシだってこんなこと頼まないけどね、おやさしい方じゃないか。どうせご結婚後のお二人のお世話係には六花がつくんだから、仲よくなっておくに越したことはないよ」

「……はい」

おヨシの言うことはもっともだから、ぐうの音《ね》も出ない。結局苑子の待つ客間に連れて行かれ、二人きりで残されてしまった。

「六花さん、前髪を上げるようになられたのですね。とてもお可愛らしいです」

にっこりと笑顔で言われて、ズキズキと疼く胸を無意識に手で押さえながらなんとか微笑んでお礼を言う。申し訳なくて目を合わせられない。

落ち着かなく視線をさまよわせていたら、彼女の胸の合わせからちらりとのぞく水色の封筒に目を奪われた。

「その封筒……」

呟きに、苑子がぱっと胸に手を当て、ほんのり頬を染める。

「お笑いになる？　でも、いつも近くに感じていたくて手放せないのです」

恥じらいながらもまるで花がほころぶかのような幸せそうな笑みに、くらりとめまいがした。今の口ぶりだと、あの手紙の差出人はやっぱり婚約者の桐一郎以外にありえない。「知り合いに頼まれた」って言っていたのに。

だけど店主が六花に本当のことを話す義理はないし、六花にも責める権利などありはしない。桐一郎と苑子の恋は、自分のうかがい知れぬところで着実に育てられていたのだ。

なぜだか泣いてしまいそうになって必死で涙をこらえているところに、襖がスラリと開けられて桐一郎本人が入ってきた。

「お待たせしてすみません」

「いいえ。こちらこそお仕事中にごめんなさい」

彼女の言葉に、座卓を挟んで向かいに座りながら「かまいませんよ」と桐一郎はやわらかな笑みを返す。微笑み合う二人の姿は、六花から呼吸を奪う。

目をそらしながら、どうしていつまでたっても自分は親離れできないのだろうと悲しい気持ちで思う。しかも確実に、以前より苦しさが増している。

「僕、店に戻りますね」

うつむいたまま立ち上がろうとする六花を、苑子のやさしい声が引き留めた。

「もう少しご一緒なさいませんか？　六花さんが甘いものをお好きだとうかがいましたので、雪餅《ゆきもち》をこしらえてきましたの」

そう言って座卓の上に風呂敷から取り出した小さめの重箱をのせ、蓋を開ける。中には行儀《ぎょうぎ》よく、白くて丸い菊のようなお菓子が並んでいた。

甘いものは大好きだけれど、今はこの場を一刻も早く立ち去りたい。しかし六花のために作ってきたかのような言い方をされてしまったら、無下《むげ》にはできない。

「……では、新しいお茶をご用意しますね」

ぎこちなく微笑んで席を立つ。

できればここを出て二人が目に入らない台所に行きたかったが、この部屋には茶箪笥《ちゃだんす》も鉄瓶《てつびん》のかかった長火鉢もあってこと足りてしまう。仕方なく六花は同じ部屋で、新しくお茶を淹《い》れる準備を始めた。そこに、しとやかに立ち上がった苑子が問いかけてくる。

「お皿と黒文字《くろもじ》もそこの茶箪笥にあるのかしら？」

「苑子様、僕がしますからお座りになっていてください……！」

「いいのよ。二人で手分けすればすぐにお菓子が食べられるでしょう？」

にっこり笑って言われてしまう。

まめに働く人なのだろうが、彼女が店主の妻になった暁《あかつき》には桐一郎の側に自分はいらなくなってしまうのではないか。

恐怖に似た不安に身を震わせるものの彼女の厚意を無にはできず、結局雪餅の方は任せてしまう。

「旦那様、お茶でございます」

茶托《ちゃたく》に載せた湯飲みを彼の前に置けば、いつものようにお礼代わりにくしゃりと髪を撫でられた。そのあとすぐに、苑子が漆塗《うるしぬ》りの器にぽってりと白い、黒文字を添えた雪餅を差し出す。

「どうぞ、桐一郎さん」

店主の大きな手が彼女のつややかな黒髪を撫でる様《さま》を見たくなくて目をそらしたけれど、店主は「ありがとうございます」とにこやかに礼を言って皿を受け取っただけだった。触れる気配はない。

（あれ……？）

いつもいつも、まるで無意識の癖のように撫でてくる彼が婚約者には手を伸ばさなかったことに六花は首をかしげてしまう。しかし少し考えて、人前だからと遠慮しただけだろうと結論づけた。側仕えが相手のときはどこだろうとかまわないようだけれど。

苑子が作ったという雪餅は、黒文字で割ると丁寧に漉《こ》されたつくねいもの白い金団《きんとん》と中の黄身餡《きみあん》が綺麗な対比をなし、口に入れると淡雪《あわゆき》のようにふわりととろけた。

「美味しいです……！」

目を瞠《みは》る六花に、苑子は嬉しそうに笑う。

「よかったですわ、気に入っていただけて。何のお菓子がよいか迷っていたときに、六花さんのお名前を思い出しましたの」

「僕の名前……？」

「ええ。六花って、雪の別称でしょう？　綺麗なお名前でよくお似合いですけれど、何か由来があるのかしら？」

問われた六花は首を横に振る。雪の夜に拾ったからとか、そういう由来はないのだ。

「実は僕、旦那様に拾っていただいたときには自分の名前も覚えていなくて……。それで新しい名前を考えてくださっているときに、僕自身が反応したのが六花って名前だったらしいです」

「まあ！　それではもしかしたら、本当のお名前がリッカという音に近いのかもしれませんね」

屈託《くったく》のない苑子の口調に、ふいに胸の奥がざわついた。本当の名前……？　そんなものはいらない。今の自分だけでいい。

「……僕の名前は、六花だけです！」

考えるより先に言葉が飛び出し、普段のおとなしさに似合わぬ強い口調に苑子と桐一郎が驚いた顔になる。六花自身もびっくりして数回まばたきをした直後に、ざっと青ざめた。いくら店主とその家族に身内のように可愛がってもらっていても、自分は使用人だ。

「す、すみませ……っ」

慌てて平伏しようとする六花を優雅な仕草で遮って、苑子は申し訳なさそうな顔をする。

「ごめんなさい、私の失言でした。『本当の名前』なんて言い方をしたら、まるで今の六花さんが偽物《にせもの》みたいですものね」

「いいえ、僕こそ、失礼いたしました……！」

恐縮して謝る六花に微笑んで首を振り、苑子は「よろしかったらもうひとついかが？」なんて雪餅を勧めて話題を変えてくれる。

（……おやさしい、方だよなあ）

ふたつめの雪餅にそっと黒文字を入れながら、六花は言いようのない苦しさを味わう。

まだ嫁《とつ》いできてはいないから他家の者とはいえ、使用人にあんな生意気な口をきかれても鷹揚《おうよう》に許し、むしろ気遣ってくれる彼女はどう考えても完璧な女主人だった。いつか尊敬する主人が妻を娶るならこんな人であってほしいと胸の内に描いていた、そのままの。

（苑子様となら、旦那様は間違いなくお幸せになれる）

それは喜ばしいことなのに、胸の奥がじくじくと痛む。大恩ある人の幸せを喜べないなんて、自分が情けなくてたまらない。

（僕って、駄目な子だ……）

鼻の奥がツンとする感覚を、甘いお菓子を口に入れて無理やり飲み下す。

六花の目が本格的に潤む前に、救いのように部屋の外から声がかけられた。

「失礼してよろしい？　こちらに六花はいるかしら」

静かに襖が開いて、椛が顔を出す。呼ばれる理由がわからなくてきょとんとした目を向けると、思いがけないことを告げられた。

「あなたにお客様ですよ」

「僕に……？」

個人的に訪ねてくる人など思いつきもしない。強《し》いていうなら螢くらいだが、近所に住む彼がわざわざ自分を呼び出させるなんてことはないだろう。

首をかしげつつ立ち上がると、椛がうふふと笑う。

「きっとびっくりしますよ。どなたかわかる？」

まったく想像もつかないので首を横に振れば、瞳をきらきらさせた椛が不可解な言葉を発した。

「堀川子爵よ。六花の叔父《おじ》様ですって！」

「…………はい？」

自分に血縁者がいるなんて想像したこともないせいで、叔父様という言葉の意味をうまくつかめずにぽかんとした顔をしてしまう。

そんな六花を気にも留めず、椛はにこにこと言葉を継いだ。

「奥の間にお通ししてありますから、ゆっくりお話ししたらいいですよ。それにしてもびっくりしたわ、六花が子爵様の甥《おい》だなんて！」

そんなのこっちこそびっくりだ。第一、拾われる前のことはまったく記憶にないから実感もない。

思わずおろおろと困惑した瞳を背後に向けると、思案げな切れ長の瞳と目が合った。

ひとつ小さな吐息をついた桐一郎が、ゆっくりと立ち上がる。

「もう噂が届いたようだね。六花、お前の叔父さんに会ってみるかい？」

まるで予測していたかのような店主の口調を疑問に思いつつも、こくんと頷く。もし本当の叔父であったなら、自分のルーツがわかるかもしれないという好奇心も背中を押した。

「苑子さん、ゆっくりお時間をとれなくてすみません。……これをお渡ししておきます」

状況を察して自ら帰り支度を始めた苑子に、桐一郎は袂からいつもの水色の封筒を取り出して手渡す。彼女の顔がぱあっと嬉しそうに輝いた。

「……それでは、こちらをお願いします」

水色の封筒を押し頂いた苑子が、巾着からいつも通りに千代紙で作られたお手製の封筒を差し出す。今日は雪輪《ゆきわ》の模様だ。

桐一郎と瞳を合わせた彼女が、恥ずかしげに微笑んだ。

とっさに視線を逸《そ》らし、先に奥の客間へ向かっていた椛のあとを小走りで追いかける。なんだか泣いてしまいそうで、強く唇を噛んだ。

「あら、緊張しているの、六花？　大丈夫よ、やさしそうな方でしたもの」

六花の表情を見た椛が、よしよしと頭を撫でてくれる。

そういえば今から身内かもしれない人に会うのだから緊張しているべきなのに、実感がないせいかまったく緊張していない。我ながら店主のことばかりに心を奪われていることに気付いて、唇に苦い笑みが浮かんだ。

「失礼いたします」

椛についで客間に入ると、ふわりと薔薇《ばら》の甘い香りがした。上座にいる洋装の身なりのよい男性が、手土産に花束を持ってきてくれたらしい。

軽く会釈《えしゃく》を返してくれた彼の年の頃は三十半ばくらい、眼鏡をかけ、柔和に整った顔はいかにも育ちのよさそうな印象を受ける。……どことなく、最近見た覚えがある。

（堀川子爵って名前も、どこかで聞いたような……）

無意識に記憶をたどった結果、どこで会ったかを思い出した。以前料亭の庭で、不可解な恐怖を与えられた彼だ。

しかし椛が退席して二人きりにされても、今の彼を怖いなどという気持ちは少しも湧かなくて不思議に思う。

「六花でございます」

ぺこりと礼をして彼の斜め向かいに座ると、何かを確かめるかのようにじっと見つめられた。徐々に瞳の中に確信に満ちた光が射し、最終的に大きく頷くと彼は嬉しそうに相好《そうごう》を崩した。

「やっぱりルカだね、マリアさんにそっくりだ……！　覚えているかい？　私はきみの父親の弟、堀川英二《えいじ》だよ」

嬉しそうな顔で伸ばされた手に一瞬びくりとするけれど、振り払うのも失礼かと思いおと

なしく手を取られながら六花は首を横に振る。彼のことは記憶にないし、彼が呼んだ名前にも覚えがない。

「……すみません、僕、拾われる前の記憶がないんです」

再会を喜んでいるらしい子爵にためらいがちに告げると、やはり衝撃を受けたらしく彼が目を見開き、握った手にぎゅっと力がこめられる。

「そうだったのか……。私はてっきり……」

どこか痛ましそうに眉根を寄せた子爵の言葉に重なるように、穏やかな低い声が聞こえた。

「堀川様、彼は突然のことで動揺しておりますから、お手を離していただけますか」

優雅に襖を開けて入ってきた店主のにこやかな笑顔の裏に一抹《いちまつ》のいらだちを読み取った六花は内心で首をかしげるが、ほぼ初対面の人に握られっぱなしだった手を離してもらえたので助かった。子爵は照れくさそうな笑みを浮かべて両手を膝に戻す。

「いや、すみません。あまりにも久しぶりで、しかもルカが昔の面影《おもかげ》を残したまま立派に成長していて、つい興奮してしまいました」

「……もしかして、僕のことをずっと探してくださっていたのですか?」

自分を探している人がいるとは思ってもみなかったので不思議な気持ちで聞いてみると、子爵の顔に複雑な表情が浮かぶ。それはどこか、後ろめたそうな……。

「うん……まあ、ね……。ずっと気にはしていたよ」

なんとなく煮え切らない返事に首をかしげると、桐一郎が穏やかな声のままで厳しい内容を言い放った。

「本気でお探しになっていたら、とっくに見つけられていたと思いますけどね」

「……っ、そう、だね……」

さっと頬を染めた子爵は、うろたえたように瞳を泳がせる。普段人当たりのよい店主の思いがけない態度に困惑していると、子爵は困ったような苦笑を六花に向けた。

「実際、ルカくらい可愛い子ならもっと噂になるはずだから、もうこの国にはいないのだろうと思っていたんだ……。でも、ずっと気にしていたことは本当だよ。また会えて嬉しい」

「はあ……」

また会えて、と言われても、以前に会った記憶のない六花としてはどう返事をしたらいいのかわからない。なんとも間の抜けた声で返事をしてしまうけれど、子爵はたしかになつかしそうな、やさしい瞳で見つめていた。

（悪い人じゃなさそうだけれど……）

どう扱ったらいいのかわからないのが正直なところだ。自分に身内が現れても大して嬉しくないどころか、こんなに困惑するとは思ってもみなかった。そもそも彼は何をしにきたのだろうと疑問を抱いた六花は、はっと青ざめる。

（もしかして、身内として僕を引き取りに来たとか……!?）

桐一郎と離れることになるなんて絶対に嫌だ。心の底から強い思いが湧き上がってきたのを察知したわけでもあるまいに、店主が静かに問いを投げかけた。

「それで、堀川様はこの子を連れて行くおつもりなのですか？」

身をすくませる六花の向かいで、堀川子爵は困ったように眉を下げて笑う。

「いや……。ルカが来たいと言うなら連れて行くけれど、今のままで幸せなら無理強いはしないよ」

「幸せです！」

自分でもびっくりするくらいの速さで言葉が唇から飛び出した。桐一郎と子爵の驚いたような視線を受けて、かあっと頬が熱くなってしまう。

ふ、と桐一郎が甘く微笑した。

「それはよかった」

くしゃりと大きな手に髪を撫でられて嬉しそうに目を細めると、視界の端に驚いたような子爵の顔が見えた。いい年をして頭を撫でられて喜んでいる姿がおかしいのだろうと気付いて、ますます頬を染めてうつむいてしまう。

「本人もこう言っておりますから、今まで通りにこの子はうちで預からせていただいてよろしいですか」

穏やかながらも有無《うむ》を言わせない口調の桐一郎に、子爵はほっとしたように頷いた。

「もちろんです。ただ、二年ほど前に母が亡くなって近しい親族はルカだけになってしまいましたので……、ときどき、会いに来てもかまいませんか？」

問いかけに、桐一郎は六花の方を向く。視線で「どうしたい？」と問われても、返事に困る。店主が嫌ならもう会わないし、店主が会ってほしいなら会うだけなのに。しかし彼は自分で決めるように無言で伝えてくる。

孤独を訴える子爵に会うのを断る理由などないから、仕方なく頷いた。

「どうぞ、いらしてください」

気乗りしないながらも答えれば、「ありがとう」と子爵の柔和な瞳が一層やわらいだ。血の繋《つな》がった甥に会えるのを純粋に喜んでいるようにも、何か他に思うところがあるようにも見える。

考えすぎかな……と思うものの、子爵の穏和な眼差しの中にどことなく後ろめたそうな雰囲気を六花は感じ取ったのだった。

「そういえば、旦那様は堀川子爵が僕の叔父であることをご存じだったのですか？」

子爵を見送ったあと、座卓を片付けながら六花は感じていた疑問を口にする。

柱にもたれるようにして腕を組んで六花の様子を眺めていた桐一郎が、軽く頷いた。

「まあね……。お前を拾った直後に、私なりに調べてみたからね」

「それならどうして、教えてくださらなかったんです？」

六花が自分のルーツがわからないことを不安に思っていることに気付かない店主じゃないだろうに、教えてくれなかった理由がわからない。

首をかしげれば、柱から身を起こした彼が寄ってきた。くしゃりと頭を撫でられる。

「知らない方がいいこともあるかと思ってね。……ところで、お前はこれから何と呼ばれたい？」

「え……？」

きょとんとすれば、膝をついて目線を同じ高さにした彼に瞳をのぞきこまれる。

「もともとの名前は、ルカだったろう？」

たしかに堀川子爵はそう呼んでいた。苑子の言う通り、リッカとルカは発音上似ているといってもいい。

本来ならば元の名前が『自分の名前』なのだろうが、六花は迷いなく答えた。

「今まで通り、六花とお呼びください。僕の名前は、旦那様がつけてくださったものだけですから」

「……わかった」

くすりと笑った桐一郎の形のよい唇が、ふいに間近に迫って重ねられた。

「ん……」

従順に瞳を閉じると、普段ならすぐに離れるはずの唇が少し下にずれ、やわらかく下唇を嚙まれる。ぞくりと背筋がわななないた。

「は……っあ……、んぅ」

質問しようと開いた唇の中に、ぬるりと舌がすべりこんできた。やわらかな内側を舐められ、無防備な舌を搦め捕られると、ぞくぞくする感覚に手足から力が抜けてしまう。支えを求めて無意識に広い背中を抱きしめるとより口づけが濃厚になり、背を反《そ》らしてそれを陶然と味わった。

ちゅ……っと音をたてて唇が離されたときには、六花の緑色の瞳は深い色合いに潤み、頬が上気してしまっていた。頭の中まで舐めとかされてしまったかのように何も考えられない。

色っぽく唇を舐めた桐一郎が、六花の背中をぽんぽんと叩いてくすりと笑う。

「おまじないの改良版、今まで以上に元気が出ると思わないか？」

「……今まで以上に、ひとさまに見られたら困ります……」

頬を染めて困った顔で言えば、にっこりと綺麗な笑みが返ってきた。

「六花のそんなに可愛い顔を、誰にも見せる気はないから安心おし」

……どう安心していいのかよくわからず困惑した六花は、質問への答えを追及するのを忘れてしまった。

【5】

カラリと店先の引き戸が開くと同時に、寒風と共にごく淡く甘い花の香りが飛びこんでくる。自分を訪ねてきた人だとわかって、棚の小物を整理していた六花は微苦笑を浮かべて入口に目をやった。

「やあ、ルカ。今日もよく働いているね」

「堀川子爵……、僕、手土産は不要ですとこの前も申し上げましたよ」

番頭と軽い挨拶を交わしたあと、迷いなく向かってくるのは六花をルカと呼ぶ叔父だ。

全身洋装、しかもその手には白い薔薇の花束という格好は呉服問屋では浮いているが、六花が自分の甥であることを知って以来、彼は二、三日に一度はこうして伊勢屋に顔を見せている。

初めはなんとなくうさんくささを感じないでもなかったけれど、話してみれば子爵は見た目通りに穏和《おんわ》なインテリ、むしろお人好《ひとよ》しなくらいで、いつしか親しみを覚えるようになっていた。

「私もルカには『英二叔父さん』と呼べばいいとこの前から言っているんだけどね」

「ここはお店で、堀川子爵はお客様ですから。それに他のお客様の手前、手土産とか本当に困るんです」

生真面目《きまじめ》に答えると子爵はまいったなというように苦笑して軽く肩をすくめる。そして、手に持った冬薔薇の花束をひょいと横に差し出した。ちょうど通りかかっていた椛が行く手を遮られ、大きな目を丸くする。

「ルカにいらないと言われてしまいましたので、これは貴女《あなた》がもらってはくださいませんか？」

「あら……、あらあら、まあ！　ありがとうございます」

穏やかな笑顔付きの突然の花束に当惑しながらも、椛は嬉しそうに顔をほころばせた。そういえば前回も子爵の花束は椛に渡ったことを六花は思い出す。

（もしかして、叔父様は……？）

店主の母とはいえ椛はまだ四十を過ぎたばかり、見た目だけならもっと若い。おっとりした内面は世渡り上手なお嬢さん方よりよほど娘らしく、しかもすこぶるつきの美人だ。子爵の態度にあからさまな下心は見えないけれど、その品よくあっさりとした態度が逆に女性の心を摑みそうな感じがする。

「いい香りねえ」と、うっとりと花束を抱きしめる椛を横目にそんなことを考えていると、どこからかすっと番頭が現れた。

「……大奥様、お店でそのまま花束を持っているわけにもいきませんから、六花に活《い》けさせましょう。ついでに休憩させて、堀川子爵のお相手をしてもらってはいかがでしょうか」

いつものように穏やかではあるものの、玉井の声音はどこか硬くて性急な感じがする。店主の右腕としてどんな相手もそつなくこなしている番頭らしくない。

しかしのんびり屋の椛がそんな些細《ささい》な変化に気付くわけもなく、「それもそうねえ」と頷いて六花に花束を手渡した。

「六花、今日はもうこのままお休みしてもいいですよ。桐一郎さんが不在の間にあなたに何かあったら叱られてしまいますもの」

今日の店主は海外出店の話し合いのために出かけている。普段はどこに行くにも側仕えの六花を連れて行ってくれるのだけれど、今回は「六花には居心地が悪いだろうから」と置いて行かれてしまった。以前料亭の庭でしゃがみこんでいたのを、のけ者にされて寂しがっていたと誤解されてしまったのかもしれない。

息子に叱られることを本気で心配している椛に唇をほころばせてしまいながら六花は素直に花束を受け取り、一礼して午後は暇《いとま》をいただくことにした。

「それにしても見事な薔薇ですね。こんなに寒いのに、まだ咲くものなんですか」

もう十二月も末だ。冬薔薇にしても咲く時期が遅すぎる気がして、母屋へと子爵を案内しながら六花は聞いてみる。

腕に抱えた花は、ゆったりと開いた白い花弁の中心に黄色の長いしべが映え、一見山茶花《さざんか》にも似ている。しかしほのかではあるものの特有の甘い香りは間違いなく薔薇だ。

いい香りなのに、実は六花はこの香りがあまり好きではない。……子爵には言えないけれど。

「うん。母が薔薇を好きで庭に色んな種類を植えていたからね。でも、さすがにそろそろ終わりだよ。今度からお土産をどうしようかなあ」

「お土産なんて、本当に持ってきてくださらなくていいんですよ」

「そうは言ってもなあ……。私は伊勢屋さんで買い物をするわけじゃないから、手ぶらでは来づらいよ」

「ああ、堀川子爵は洋装ですからね。室内用に何か誂《あつら》えてみますか？」

納得して頷くと、ふいに沈黙が落ちる。もしかしたら和装が嫌いで断り方を考えているのかもしれないと気付いて何か言葉を継ごうとした矢先、子爵が口を開いた。

「……実はね、ルカ……」

真剣な声で呼ばれて顔を上げた六花は、子爵の背後に女性の影が差したのを見てひっと息を呑んだ。

全身の血が逆流するような恐怖に押し潰《つぶ》され、考えるよりも先にその場にうずくまって身を守るように頭を抱える。抱いていた薔薇が辺りに散り、ほのかな香りに包まれた。

怖い。撲《ぶ》たれる、と思った。

きつく目を閉じても、頬や、頭や、背中をしつこく打擲《ちょうちゃく》する手が見える気がする。

「ルカ……⁉」

「どうしたんだい、六花っ？」

動揺する子爵の声に被《かぶ》さるように、女中頭の滑舌のいい声が聞こえた。その耳慣れた声が六花を現実に引き戻してくれる。

そろそろとまぶたを開いていくと、綺麗に磨かれた廊下の木目、それから自分の紺色の着物が見えた。これは伊勢屋の床、自分は店主の側仕えの六花だ。桐一郎にもその家族にも、一度だって撲たれたことなどない。

真っ青な顔をこわごわと上げてみれば、子爵の背後に見えた影は女中頭のおヨシだったことが判明し、一気に体から力が抜ける。

小刻みに震える手を握りしめ、心配そうにのぞきこんでいる二人にぎこちないながらもなんとか笑みを見せると、おヨシがほっと息をついてからぎゅっと顔をしかめた。

「なんだい、まるでアタシがお化けみたいな反応しちゃってさ！」

「すみません……。なんだかすごく、びっくりしちゃって」

びっくりしたというよりは恐怖を感じたのだけれど、そんなことを言えば「アタシは妖怪かいっ」と小突《こづ》かれそうなので言わないでおく。

まだ震えている手で落としてしまった花を拾い集めて立ち上がろうとすると、目の前にすっと手が伸ばされた。体がビクリとする。

「大丈夫かい、ルカ……？」

心配そうにしながらも、子爵は差し出した手を引っこめて、気まずそうな、苦い笑みを浮かべた。

「あの、すみません……」

自分の反応を我ながら不可解に思いつつ失礼を詫びれば、子爵は軽く手を振ってそれを遮る。複雑な笑みを湛えたまま、彼はきびすを返した。

「今日はもう失礼しよう。また会いに来るよ」

言い残して、どことなく暗い表情のまま帰ってしまった。

「六花、今日暇《ひま》らしいじゃん。何か美味いもん食べに行こうぜ」

薔薇を活けたあと、暇になった六花が自室で読みかけの本を読んでいると螢が遊びにきた。

遠慮なく襖をスパンと開けてかけられた声に笑ってしまいながら、六花は本にしおりを挟んで文机の前から立ち上がる。

ちょうど山場に差しかかったところで気になるけれど、前髪を上げても態度を変えないでいてくれる大切な友人の誘いを断ることなんかできない。

「珍しいね。今日は道場お休みなの？」

問えば、火鉢の前にどっかりと陣取りながら螢が頷く。

「この時間帯は大丈夫。ていうか、いつも忙しいのは六花の方だろ。店に出てるか伊勢屋の旦那さんと一緒にいるかだからさ」

「そうだっけ……？」

「そうだよ」

そう断言されてみれば、そうかもしれない。昼間から桐一郎と離れているなんて不思議な感じだ。

自分の羽織と財布を準備していると、螢がふと思い出した様子で口を開いた。

「そういえば、来る途中で旦那さん見かけたぜ」

「え……？　この近くで？」

「おう。橋の向こうの喫茶店《カフェ》で。あの店、美味いらしいんだけど高いんだよなー」

東條と会うのならまたいつぞやのように料亭に行っているのかと思っていたが、わりと近くにいることになる。もしかしたら外でばったり会うかも……と瞳を輝かせた六花に、思いがけない言葉が告げられた。

「市原の苑子お嬢さんと一緒だったぜ」

「苑子様と……？」

胸の奥に、ざっくりと何かが刺さったような気がした。息がうまくできなくなる。そんな六花に、螢はさらに無邪気に打撃を与えた。

「あの二人ってものすげえ相思相愛で、人が羨むほど睦《むつ》まじいらしいな。もうどこ行ってもその噂でもちきり。ま、そうそうないくらいの美男美女の組み合わせだしなあ」

「ほ……、他に、誰かいなかった……？」

なんとか声を絞り出して問えば、螢がきょろりと大きな瞳を宙に向けてから頷く。

「ああ、いたいた。伊勢屋の旦那さんと同じくらい背が高い男前と、金髪の外人もいたな。でかい色男三人に和風美人の組み合わせだから、すげえ目立ってた」

「そっか……」

東條やロバートもいたことがわかって、海外出店の話し合いが嘘でなかったことに心底ほっとする。

だけど、胸の奥は相変わらずズキズキと痛い。側仕えである自分が連れて行ってもらえない会合に、婚約者である苑子は連れて行ってもらっている。その扱いの差が、ひどく切なかった。

じわりと瞳を潤ませる涙をまばたきで押し戻して、六花は火鉢の炭を灰にうずめた。

涙が出る理由が自分でもわからない。店主が未来の妻を伴って友達に会うのも、大切な仕事の話を聞かせるのも、当然のことだと思うのに。

「六花……？　どうしたんだよ、目が潤んでないか？」

心配そうな螢に、六花は懸命に笑みを作って見せる。

「大丈夫。少し灰が目に入っただけ」

「ふうん……？　ところで、どこ行って何食べる？」

火鉢の前から軽《かろ》やかに立ち上がった螢の質問に、少しだけ迷ってから口を開いた。

「……松屋《まつや》で、ぜんざいとかどうかな」

「いいぜ。六花って本当に旦那さんを慕っているのなー」

言わなくてもその茶店《ちゃみせ》を選んだ理由がわかったらしく、螢があははと笑う。じわりと頬が染まった。

松屋は、桐一郎がいるという喫茶店の斜め向かいにある店なのだ。

格子窓《こうしまど》からちらちらと外を気にしながら、六花は湯気のたつぜんざいにふうっと息を吹きかける。向かいでは螢が、まだ熱々の焼き餅《もち》をお椀の中から引き出してはふはふと頬ばっている。

「やっぱ松屋のぜんざいは美味いなー。塩のきかせ加減が絶妙だよな」

「そうだね。螢くん、口の中火傷《やけど》しないように気をつけて」

「平気だって。俺、六花みたいに猫舌じゃねえし」

味わう暇もないのではと思うくらいの速さでぜんざいを平らげている螢の言葉に頷くものの、目の端ではつい桐一郎の姿を探してしまう。

彼を求める気持ちが呼び寄せたかのように、斜め向かいの洋風の建物の白いドアが開き、よく目立つ長身の集団と華やかな着物姿の女性が現れた。

螢が見たままの人数――桐一郎、東條、ロバート、そして苑子だ。店先に立ち止まって何か談笑している。

できれば主人の姿を一目見られたらと思ってはいたものの、本当に実現するなんて思っていなかった六花は両手でお椀を抱えたまま固まり、格子窓越しに彼らを凝視してしまう。

ひょいと顔を上げた螢が、視線の先に気付いて笑った。

「お、すごい偶然。それにしても、改めて見てもすげえな。あの辺だけ空気が豪勢《ごうせい》で役者集団みたいじゃないか?」

「うん……」

螢の言う通り、彼らは別世界の人のようだった。道行く人々も目を奪われたように振り返っていく。

すらりとした長身に端正な藍の着流しと羽織姿の桐一郎はいつものように完璧に格好いい

し、黒で統一した三つ揃い姿の東條は迫力と粋《いき》を兼ね備え、色味を微妙に変えた茶系の三つ揃い姿のロバートは金髪と服の色が呼応してとても洒落ている。

美貌の大男三人の真ん中でお姫様のように大事に扱われているのは、やさしい顔立ちによく似合うやわらかな桃色の地に雪輪の紋が白く抜いてある着物、その上から華やかな柄入りの黒い羽織を羽織《はお》っている苑子だ。婚約者に外で会うからなのか、普段店に来るときよりも気合を入れてお洒落している。

「苑子さんってたしかに美人だと思ってはいたけど、あんな綺麗だったっけ……？」

餅を口に運びかけていた螢が手を止めて言った言葉に、同じことを思っていた六花は無意識の頷きを返してじっと彼女を見つめてしまう。

桐一郎とロバートに挟まれて立っている彼女は、幸せそうに頬を染めて瞳を輝かせ、きらきらと光を発しているかのように見えた。桐一郎と彼女だけが和服なこともあって、どう見ても二人はお似合いとしか言いようがない。

桐一郎が長身を屈めて彼女の耳元に何かを告げると、ぱっとその頬が綺麗に染まり、花がこぼれるように笑った。桐一郎も楽しそうに笑っている。

（僕の知らないところで、旦那様があんなお顔を……！）

考えるより先に顔を背《そむ》け、六花は震える手でぎゅっとお椀を握りしめた。鉛《なまり》の塊を飲みこんだかのように胸の奥がずんと重くて、錐《きり》で抉《えぐ》られているように激しく痛む。息ができない。

目の奥がかあっと熱くなって、視界がぼやけた。

苑子と幸せそうにしている桐一郎を見ていることが、つらすぎる。

目の前で仲よさげな姿を見せられるのもつらかったけれど、知らないところで仲よくしていると思うと余計苦しくて、胸が引き裂かれそうだ。

桐一郎にはいつだって幸せでいてほしい。それは本心なのに、そこに苑子が……、いや、他の女性が常に共にあることが、六花に耐え難いほどの苦痛をもたらす。

まばたきをすると零れそうで目を見開いていたのに、つうっと雫が頬を伝い、ぽたりと袖《そで》に染みを作った。

「六花……⁉」

ぎょっとしたような螢に、六花は無理やり作った笑みを返す。

「大丈夫。目に、ごみが入ったみたい」

「本当に……？」

心配そうな螢を安心させたくてもっと笑おうとするのに、勝手に顔がくしゃりと崩れた。

堰を切ったように両目から熱いものが溢れだす。

「……っ」

両手で顔を覆って声もなくしゃくりあげる六花に一瞬戸惑った螢だったが、すぐさま隣にやってきて震える肩を抱き、他の客から見えないように友人を隠した。

「ごめ……っ、螢くん……っ」

「いいって。……もしかしてとは思っていたけど、六花、やっぱり旦那さんのことを特別な意味で好きなんだな」

純で一本気な螢ではあるが、にぶいわけではない。むしろ真っ直ぐなぶん、偏見を持たずに人の感情を見極めてしまう。

指摘された六花はびくりと身をすくめたものの、小さく息を吐いてからこっくりと頷いた。

認めたくなかった。だから無意識に目を背《そむ》けていた。

ずっと父親、兄、恩人として、親のように敬愛していると思い込もうとしてきたけれど、本当は誰よりも彼の側にいて、彼を独占して、誰よりも彼を愛し、同じように愛してほしかったのだ。

頭のどこか奥深くから、自分を罵《ののし》る声が聞こえた。

(……ああ、そうです、ごめんなさい……。僕は駄目な子、疫病神《やくびょうがみ》なんです……。ごめんなさい、ごめんなさい……)

頭の中で響く罵倒に、六花はうなだれて心中で謝り続ける。

凍死しそうな幼い自分を拾ってくれた彼、見返りも求めずにここまで育ててくれた恩人に邪《よこしま》な思いを抱き、彼が婚約者と幸せになることを心から祝ってやれない自分の罪深さにうち震えた。だいたい、薄気味悪い猫のような緑の瞳、枯れ草のような妙な色の髪を持つ混血の自分が、あんなに立派で綺麗なひとを好きになるなんて身のほど知らずだ。

（もう……、もう、旦那様のお側にはいられません……）

会えなくなることを想像するだけで身が引き裂かれそうに苦しいけれど、それでも、もう彼の側にはいられないことに気付いてしまった。

美しい妻に微笑みかける彼を見るたびに、きっと心が死んでしまうから。彼の妻に嫉妬《しっと》するたびに、自分の醜《みにく》さを思い知らなくてはいけないから。

無言で肩を抱いてくれている人の胸がいつもよりも薄く、狭いことにふと気付くと、いない人の不在が身に沁《し》みてまた涙が出そうになった。けれど、この人の胸は自分が泣いていい場所ではない。

震える息を吸いこんで無理やりに涙を押しこめ、袂《たもと》から出した手拭いで顔を拭いながら六花はなんとか身を起こした。

「ごめんね、螢くん。……僕、気持ち悪いでしょう？」

男なのに、同性である桐一郎をこんなにも好きなのだ。気持ち悪がられても仕方がない。

そう思って言った途端、大きな瞳でキッと睨みつけられた。

「馬鹿言うな！　泣くほど真剣な恋をしている友達を気持ち悪がるほど、俺は人でなしじゃねえ！」

「あ、ご、ごめん……」

彼の度量の広さを見損なっていたことを慌てて謝ると、ため息をついた螢に額をピンと指先で弾《はじ》かれた。……おでこを出すようになったら、こんな危険もあるらしい。

苦笑した螢が、冷めてしまったぜんざいのお椀を手に取りながら六花に目を向ける。

「六花は全部一人で抱えて、自分ばっかりが悪いって思いすぎるんだよ。伊勢屋の旦那さんを好きなのは、べつに悪いことじゃないだろ？」

「悪いことだよ……。だって僕、あんなにお世話になった旦那様のご結婚を喜べないんだもん」

差し出してくれたお椀を受け取りながら自己嫌悪の口調で呟くと、あっさりと否定された。

「そりゃ仕方ないだろ。好きな人が他の人のものになるのを喜べるわけないじゃん。……ていうか、六花、つらいよな。何か俺にできることあるか？」

「螢くん……」

真っ直ぐな視線で気遣ってくれる姿に、また涙が出そうになった。

きっと生きていける。世界の全てである桐一郎を失っても、こうやって支えてくれる人がいるから自分はきっと生きていけるのだ。そう信じないと、彼の元を離れることなんてできない。

「……もし、よかったら……」

「おう、遠慮すんな。なんでも言ってくれ」

おずおずと口を開くなりずいと身を乗り出され、思わず笑ってしまう。

「……このぜんざい、食べてくれる？」

螢が拍子抜けしたようにぽかんとした顔をした。腑《ふ》に落ちない様子で首をかしげつつも、

「いらねえんなら、もらうけど……」とお椀を受け取る。

本当は一瞬、伊勢屋を出たあとに彼の実家である武道場にしばらく置いてくれないかと言おうとした。だけど、それも未練《みれん》たらしいことに気付いてしまったのだ。

螢の家と伊勢屋は近いから、彼のところにいればやさしい桐一郎はきっと六花の様子を見に顔を出してくれる。いや、たとえ会いに来てくれなくても、遠目にでも彼の様子を知ることができる距離にいたい。無意識にそれをわかったうえで居候《いそうろう》を頼もうとしていた自分の欲深さに気付いてしまうと、とても頼めなかった。

「ちょ……っ、この餅、もう固《かて》えんだけど」

あぐあぐと固くなった餅を噛み切ろうとしている螢に噴き出しながら、六花は自分のするべきことをきちんと受け入れる。

出て行くのだ。どこか遠くへ。

大好きな人の姿が、二度と見えないような場所へと。

せっかくそう決意したのに、物事はそううまくはいかないものらしい。

婚約者も一緒なのだから桐一郎は夜遅い帰宅だろうと予測し、出て行くなら決意のにぶらない今日のうちにと思っていたのに、店主は六花より先に帰ってきていた。

拍子抜けしたものの、少なくとも今夜は彼の側にいられるのだと思うと単純に嬉しい。しかし嬉しいと思ってしまう自分の往生際《おうじょうぎわ》の悪さは、情けなかった。

最後だと思うせいで時折泣いてしまいそうになりながらも、彼との時間の全てを慈《いつく》しむようにして、六花はいつも通りに夜を過ごした。

「六花……？　お前、今日はどこか様子がおかしくないかい？」

鋭い店主に心配そうに問われてドキリとするものの、なんとか笑みを浮かべてかぶりを振る。

「そうですか……？　もしかしたら風邪気味なのかもしれません。旦那様に伝染《うつ》してしまうといけませんから、早めにやすむことにします」

そう言って店主の寝間と翌日の彼の着物の支度をすませると、六花は部屋を辞去した。

静かに閉めた襖に背をもたせかけて、瞳を閉じてひとつ小さなため息をつく。それから気持ちを奮い立たせ、自分の布団の横の畳の上におもむろに風呂敷を広げた。

これから荷造りをして、明日の昼頃……、店が忙しくて人目に留まりにくい時間帯に、ここを出て行くのだ。

今の六花の持ち物は全て桐一郎に与えてもらった物だから、本当なら何も持ち出したくない。だけど、体ひとつでは生活していけないことくらいわかっている。申し訳ないけれどいくつか持ち出すのを許してもらうしかないと自分に言い聞かせながら、必要なものを厳選していく。

人が見た目で態度を変えることはここ一カ月で嫌というほど経験済みだから、身綺麗にするべく衣類は二組、それから石鹸《せっけん》。幼い頃からお駄賃《だちん》などをこつこつと貯《た》めてきたお金。寒い日がまだ続くから、膝掛けと羽織。これでもういっぱいだ。

自分では冷静に荷造りをしているつもりの六花だけれど、実際は内心と同じように混乱していた。下着や足袋《たび》、手拭いの類《たぐい》が完全に抜けているし、何か換金できそうな物を持って行くべきだとは思いつきもしなかった。

「よいしょっと……」

風呂敷の端を縛るために引っ張ると、突然低い声が背後から耳に飛び込んできた。

「……手伝おうか、六花？」

「だ、旦那様……!?」

ぎょっとして振り返れば、店主の部屋と六花の部屋の間の襖が開いていて、欄間《らんま》に手をかけた桐一郎が静かながらも底知れない雰囲気を湛えて立っていた。

その手には薬包《やくほう》がある。「風邪気味かも」と言った六花を心配して持ってきてくれたのだろうが、そのせいで運悪く、こそこそと荷造りしているところを見られてしまった。

彼の表情を読むのがうまいと言われた六花だが、今の店主は珍しく無表情といってもいい顔をしていて感情が見えず、顔立ちの端整さが際立って怖いくらいだ。きりりとした頬の辺りが、少し強《こわ》ばっているような気がした。

ぺたりと畳に座りこんでいる六花に視線を据えたまま、桐一郎が近づいてきた。ゆっくりと隣に膝をつく。風呂敷にかけていた手の上に、大きな手が重ねられた。

「……螢くんのところにでも行くのかい？」

「い、いえ……っ」

静かなのになぜか不安にさせる低音の問いにかぶりを振ると、彼がじっと見つめてくる。

「……もし堀川子爵のところへ行く気なら、それはお勧めできないね」

「そんなつもりは、全然……っ」

「じゃあ、どこに行くつもりだい？」

問われても、何も言えない。彼から遠く離れていて、自分の手持ちのお金で行けるところをこれから調べるつもりだったのだ。

大きく目を見開いたままふるふると首を横に振ると、重ねられた彼の手が六花の手を握りしめた。

「だ、旦那様……。お怒《いか》りになって、いらっしゃるのですか……？」

力の強さにおののきながら、泣きそうになるのを我慢しておずおずと口を開く。拾ってくれた恩を返しもせずに黙って逃げ出そうとする自分に彼が怒りを感じていても仕方がないとわかっているけれど、申し訳なさと切なさで胸が苦しい。

びくびくした六花の様子に、ふ、と桐一郎が表情をやわらげて、手から力を抜いた。いつものようにくしゃりと髪を撫でてくれる。

「違うよ。……私は今、緊張しているんだ」

「は……？　なぜでございますか？」

予想外の言葉に潤んだ瞳を見開けば、彼は綺麗な切れ長の瞳で真っ直ぐに見つめてきた。あまりにも真剣な表情に、激しく胸が騒ぎ出す。

「六花、正直に答えてほしい。お前が私から離れようとするのは、何が理由？」

「……っ」

そんなこと、言えるわけがない。それなのに桐一郎は、初めから「正直に答えてほしい」なんて逃げ道を塞いでしまった。彼に望まれたら六花はそれを拒めない。言いたくなくても言うしかなくなってしまう。

怯えたように見上げると、変わらずに真摯《しんし》な瞳と視線が絡まった。嘘は許してもらえそうにないし、言わずにすませてもくれない色をしている。彼の元を去るには、本当のことを言うしかないのだ。

小さく息を吸いこむと、ぎこちなく口を開いた。けれど、声にはならない。

桐一郎はじっと見つめたまま、答えを待っている。どうしよう、泣いてしまいそうだ。それでも六花は持てる限りの気力を振り絞った。もう一度、震える唇を開き、塞がる喉《のど》から懸命に声を絞り出す。

「……僕……、僕が……、旦那様に、特別な好意を抱いているからです……。ご結婚なさったらとてもお側にはいられないくらい、旦那様を特別な意味で好きなんです……！」

言い終えた途端、彼の顔を見ていられずに顔をうつむけ、ぎゅっと目を閉じた。

気持ち悪がられることはわかっていた。哀れに思って拾っただけの混血児が、同性であるにもかかわらず身のほどを弁《わきま》えない感情を店主に抱いているなんて。

「六花……」

くしゃりと髪を撫でられた。やさしい声で呼ばれても、顔を上げることなんかできない。

熱い雫が伝ってゆく頬に、そっとあたたかい手が触れた。そのままゆっくりと顔を上げさせられてしまう。彼の表情を見るのが怖くて目を開けられないでいると、唇にやわらかいものがふわりと重ねられた。

「ふ……っ、う……？」

驚いて目を開けると、信じられないくらい近くに店主の伏せられた長いまつげが見えて混乱する。軽く重ねた唇をゆっくりと擦り合わされるとぞくぞくして、また瞳を閉じてしまった。無意識に開いた唇の隙間《すきま》から、当然のように舌がすべりこんでくる。

（……おまじない、されてる……？　僕が、泣いたから……？）

店主の胸に当てた手を握りしめ、深い口づけに酔わされながらも六花は混乱したままだ。こんなに甘い、やさしくて気持ちのいい口づけは体が震えるほど嬉しいけれど、気持ちを打ち明けたのにどうしてしてくれるのかがわからない。

「ふぁ……っん……」

ちゅぷ、と唇を離されて、六花は快楽に潤みながらも困惑した瞳で店主をぼんやりと見上げた。ひどくやさしい、まるでとろけるような眼差しにぶつかって心臓が跳ね上がる。

「六花……、私もお前を愛しているよ。どこにも行かないでほしい」

「う……、嘘です……」

「嘘じゃない」

ふわりと抱きしめられて、彼の香りに包まれた。頭がくらくらする。何がなんだかわからないのに、ドキドキして嬉しい。彼の言うことが嘘でも本当でもどうでもいいような気がしてくる。

「……六花……」

低い声で愛しげに名前を呟かれると、頭の中がとろりと煮えた。近づいてきた端整な唇を、素直に唇を開いて受け入れることしかできなくなる。

「ん……っ、ふぁ……ん、旦那様……、好き……、大好きです……」

「うん。私もだよ」

口づけの合間に熱に浮かされたように呟くと、甘い返事が嬉しそうな笑みと共にまた唇に与えられる。何度も何度も口づけられて、体がふわふわと軽く、湯気になって立ち上ってしまう気がするほど熱くなった。

「だめ……、旦那様、もう、だめです……」

上気した頰を桐一郎の胸にうずめて、息を乱した六花はこれ以上の口づけから逃げようとする。くすりと笑った気配がして、うつむいた襟足《えりあし》をくすぐるように撫でられた。そこからもぞわぞわと快感が走り、背筋を震わせてしまう。

「どうした、六花。私を好いてくれているんだろう？　もっと可愛がらせてくれないか」

「だ、だって……。これ以上は、困るんです……」

真っ赤になってふるふると首を振ると、すいと下腹に手を伸ばされた。裾を割って入りこんだ大きな手に下帯ごと、すっかり張りつめてしまった自身を握りこまれて体がビクンと跳ねる。

「……口づけだけで、気をやってしまいそうだから？」

「や……っ、ごめ……なさ……っ」

「謝ることはないよ。感じやすい六花は、本当に愛おしい」

「やっ、やぁー……っ」

きゅ、きゅ、と布地越しに軽く扱かれ、耳元に低く囁かれただけで、止めようもなく自身が弾けてしまった。

下帯を汚してしまったことも、自分だけがこんなにいやらしいことも恥ずかしくて、桐一郎の胸に顔をうずめた六花はとうとう泣き出してしまう。

「ああ……、泣くんじゃないよ、六花。そんな風に泣かれると、もっと可愛がりたくなってしまうだろう？」

髪を撫でてくれながらの桐一郎の言葉に、六花は驚いて泣き濡れた瞳を上げる。しゃくりあげつつ小さく首をかしげ、震える唇を開いた。

「呆れて……いらっしゃらないんですか……？　旦那様に触れていただいただけで、僕……こんな……」

「呆れるどころか、嬉しいよ。もっとたくさん触れたくなる」

「本当に……？」

不安げに揺れる緑色の瞳を見つめて、桐一郎が熱っぽい眼差しで頷いてくれる。ほろりと瞳から涙が零れた。

触れたいと思ってもらえるのなら、いくらでも触れてほしい。

六花は命綱《いのちづな》のように彼の袂《たもと》を握ると、広い肩に額をつけて顔を隠し、思いきって、初めて自分からねだった。

「あの……、旦那様……、僕に、さわっていただけますか……？　いつもよりいっぱい……、さわってほしいです……」

「いつもよりいっぱい……？　どのくらい？」

やさしく低い声で問われて、頬の熱が上がる。少しだけ瞳を上げると、なんでも言ってごらん、と言わんばかりに愛おしげな視線に捕らえられて、頭がくらりとした。

甘い視線に誘われるように、唇から零れてしまう。ずっと、抑えつけてきた願いが。

「お嫌でなければ……、僕を、抱いてください……。女の子にするみたいに……」

にっこりと、桐一郎がきらめくように笑った。強く抱きしめられる。

「私がお前を嫌がるわけがないだろう。愛しているよ、六花」

「旦那様……んん……っ」

深く口づけられて、そのまま褥《しとね》の上にそっと横たえられた。

ふと、桐一郎が何かを思い出したかのように手を止めて少し身を起こす。

「そういえば六花、苑子さんのことだけれどね……」

言いかけた彼の首に腕を回して引き寄せると、六花は考えるよりも先に彼の唇を自分の唇で覆っていた。

やってしまったあとで、自分で自分にびっくりして目を瞬く。こんなことは初めてだ。店主が言おうとしていることに対して、聞きたくないと言わんばかりの真似をするなんて。

困惑している六花と唇を重ねたままで、桐一郎が笑った気配がした。よしよしと頭を撫でてくれながら、重なり合っただけの口づけを、甘く、深いものに変える。

「ふ……、はぁ……っん……」

ちゅぷ、と音をたてて唇が離されたときには、六花の瞳はとろんと深い色に潤み、頬は上気していた。仕上げのような軽い口づけをくれて、彼がくしゃりと六花の髪を撫でる。

「すまないね。こんなときに他の人の話をするのは不作法《ぶさほう》だったよ」

「いえ……」

ふるふるとかぶりを振るけれども、胸の奥に鋭い痛みが走る。

桐一郎に「愛している」と言ってもらって、本当に愛しげな眼差しで口づけてもらえて、つい彼の婚約者のことを忘れてしまっていた。このまま甘い夢を見ていたいけれど、そうはいかないこともわかっている。

たとえ彼が言ってくれたように本当に自分を愛してくれているのだとしても、桐一郎は立派な女性と結婚しなくてはならないのだ。伊勢屋の唯一の跡継ぎとして、子どもを持たねばならないから。

六花が「結婚した姿を見るのがつらい」と言ったから、やさしい彼はもしかしたら婚約をとりやめてくれるかもしれない。だけど、そんなことをさせてしまっては六花は自分で自分が許せない。あんなに立派な婚約者を傷つけ、彼のあたたかな未来の家庭を奪うなんて、できるわけがない。

「六花……？」

伏せた瞳の色が沈んだ色になってゆくのを見咎《みとが》めて、桐一郎が心配そうに呼びかけて指先で髪を梳《す》いてくれる。彼のやさしい手を感じながら、六花はひそやかに決意した。

一度だけ、抱いてもらうのだ。

それを一生の思い出として、明日彼の元を去ろう。

目を上げると、間近にある心配そうな切れ長の瞳と視線が絡んだ。その端整な美貌を瞳に焼き付けるようにじっと見つめると、珍しく照れたように笑った彼に額に軽い口づけを落とされる。……額にされる口づけは慣れないぶんくすぐったくて、ふわりと幸せな感じがした。

「旦那様……、今夜はもう、他の方の名前を呼んじゃ嫌ですよ……？」

ほんのりと頬を染めてねだると、このうえなく愛しげな笑みが返される。

「ああ。心配しなくても、私はいつだってお前のことしか考えていないよ」

そう言って重ねられた唇はたとえようもなく甘く、六花が一生の思い出となる罪の夜を背負う覚悟を決めるのに十分だった。

何度も角度を変えながらの濃厚な口づけに酔わされているうちに、いつの間にか寝間着がはだけられ、素肌の上を大きな手が撫で始める。彼のあたたかな手が触れるとどこもかしこも喜ぶようにざわついて、体温が際限なく上がった。

「あっ、ひぁっ、やぁっ……んっ」

長い指の先が小さな胸の突起を掠《かす》めた瞬間に突き抜けるような甘い痺《しび》れが走り、勝手に高い声が上がった。

頬を真っ赤に染めた六花はきゅっと唇を噛み、桐一郎の肩を抱きしめて顔を隠そうとする。

彼が笑った気配がした。

「こんなに小さくて愛らしいのに、お前のここはとても感じやすくて弄り甲斐《がい》があるね」

「やっ、旦那様……っ、そんな、しちゃ……っ、あっ、んくぅ……っ」

楽しげに呟いた桐一郎にそこをさらに尖《とが》らせるように捏《こ》ね回され、六花は無意識に彼の肩を噛んで必死で声を殺す。それでもしなった背がびくびくと跳ね、下腹にどんどん熱が溜《た》まってしまう。

「見てごらん、六花。綺麗に色づいて、すごく美味しそうだよ」

「ふ、え……？」

彼に無意識に従うことが習い性《しょう》になっている六花は、快楽に潤んだ瞳をぼんやりと自分の胸元に落とす。

つんと勃《た》ちあがったそこはいつもの淡い桜色から濃い桃色に変化し、それはうっすらと染まった白い胸元に映えてひどくいやらしく、たしかに彼の唇を待っているように見えた。

かあっと頬を染めて隠そうとすると、両手を捕らえられて頭の脇に縫い留められる。

「駄目だよ、こんなに可愛らしいものを隠そうとするなんて」

「や、だ、だって……っあぁ……っ」

さらりと桐一郎の髪が胸元に触れたと思った直後、とがりきったそこを吸われて甘い悲鳴が零れた。

「あ、あっ、だめ……っ、旦那様っ、も、それ、しないでぇ……っ」

片方をあたたかく濡れた口内で舌先で転がすようにされ、もう片方を長い指の間できゅっと捻《ひね》るように愛撫されると、胸元からの刺激が直接下腹に突き抜ける。このままではまた自身が弾けてしまいそうで困るのに、彼の黒髪に差し込んだ手はさらなる愛撫を求めるかのように勝手に胸元へと強く抱きしめてしまった。

ちゅくちゅくと水音をたてながら胸を愛撫する一方で、大きな手はするりと六花の張りつめた中心に伸びる。さっき達してしまったせいでぐちゅぐちゅに濡れた下帯の中に潜《もぐ》りこんできた手に自身を捕らえられ、ビクンと腰が跳ねた。

「やぁっ、だめっ、また漏れちゃうっ、も、出ちゃううぅ……っ」

「いいよ。出してごらん」

かり、と胸の突起を甘噛みされ、先端を爪で抉られた瞬間、頭の中が真っ白になってあっけなくまた弾けてしまった。

「ご、ごめ……なさ……っ、旦那様の、お手に……っ」

荒い呼吸の合間に涙目で謝ると、謝罪を遮るように軽く口づけられる。

色っぽく笑った桐一郎が、六花の放ったもので濡れた手をさらに奥……、双丘の間に伸ばした。ぬるりと蕾を撫でられて、ぞくぞくと背筋に震えが走る。

「いいんだよ、六花。いっぱい出して、たっぷりここまで濡れてごらん……。そうしたら私が入りやすくなる」

耳元で低く囁かれ、期待に震えるように鼓動が速くなった。

そうだ、今夜こそは指ではなく、彼のあの大きなものを受け入れるのだ。改めて湧いてきた実感に、六花は真っ赤になってこくんと頷く。

「は……、はい……っん……っ」

ずぷりと入ってきた指に一瞬息を詰めるけれど、苦痛はない。初めて桐一郎に弄ってもらって以来毎晩のように愛撫されてきたせいか、そこに彼の長い指を受け入れると、むしろこれから与えられる快楽の予感にぞくぞくしてしまう。

無垢ゆえに素直な六花の体は、もともとの素質もあってか内壁までもがひどく敏感だった。

「あっ、あっ、いや……っ、旦那様っ、そんなとこ、舐め、ちゃ、ぁ……っ」

「嫌と言うわりに、すごく気持ちよさそうだよ、六花」

とろとろにやわらかくほぐされた窄《すぼ》まりをさらに奥まで舐め濡らすように、桐一郎の舌が潜りこんでくる。そんなところを舐めてもらうなんて申し訳ないと思うのに、気持ちよすぎて甘えたような声になってしまうのが恥ずかしい。

散々舐め濡らしてから指で掻き混ぜられると質感の違いにまた体が快感を拾い上げ、濡れた音が鼓膜からも六花を追い詰めた。

「やはぁ……っ、んっ、だめ、それ、や……っ、んくぅ……っ」

俯《うつぶ》せになって、猫のように腰を抱え上げられた格好で蕾に愛撫を受けている六花は、なんとかして声を殺そうと褥に泣き濡れた頬をうずめる。しかしあえぎ声は勝手に零れ、彼の愛撫にこのうえなく悦《よろこ》んでいることを知らしめてしまうのだ。

もう何度絶頂を迎えたかわからなかった。

溢れさせた体液で、桐一郎の言った蕾どころか膝までしとどに濡れている。

体が熱くて、全身が気持ちよすぎて、何をされてもどうしようもなく感じてしまう。体温が上がったせいでいつもより濃厚に感じられる桐一郎の香りに包まれて、頭の中が朦朧としてもう何も考えられない。

「……旦、那……様っ、もう、もう……、指、いやぁ……っ」

なんとか顔を捻って潤みきった瞳で見上げ、六花は甘い泣き声の間から訴える。ふ、と桐一郎が色っぽい笑みを見せた。

「指は嫌……？」

ずるりと引き抜かれると、それにさえ感じてしまって背筋が震える。

もう全然力の入らない体をそっと仰向《あおむ》けにさせられ、膝の間に彼が体を割り入れてきた。とろんと上気した顔の両脇に手をついて、桐一郎は真上から真っ直ぐに見下ろして問う。

「じゃあ、何が欲しい？　六花」

ひどく甘く、愛おしげな眼差しに、勝手に涙がほろりと溢れた。

欲しがっていいのだ、この人を。

桐一郎は六花に、無言で許可を与えてくれている。あとは自分で、手を伸ばすだけ。……たとえそれが、一夜限りにすべきものでも。

「旦那様が、欲しいです……。いっぱい、いっぱい……」

おずおずと広い肩に手を伸ばしながら、六花は心の底からの願いを告げた。

桐一郎が鮮やかに笑む。やさしく髪を撫でられ、額に軽く口づけられた。

「いいよ。六花に私を、好きなだけあげよう」

囁いて、深く甘い口づけをくれる。その口づけにうっとりと酔っている間に腰を抱え上げられ、やわらかくとろけた蕾にヒタリと熱が宛《あてが》われた。

「……存分におあがり」

「あっ、あ……っ、あぁあ……っ」

ゆっくりと、熱塊が内に押し入ってきた。指とは比べものにならない熱と質量が、じわじ

わと内部を満たしてゆく。

「ふあ……、あ……、すごい……中に……、……いっぱい……、旦那様が……」

桐一郎の首を抱きしめた六花の瞳から、こらえきれない涙が溢れる。あやすように前に絡められた彼の長い指を、とろりと雫が濡らした。

「苦しくない？　六花……」

長い時間をかけて全てを収めた桐一郎が色っぽい吐息混じりに心配そうに問いかけてくれたけれど、六花はぼんやりとした意識のままふるふると首を横に振る。

大好きな主人とこのうえなく深く繋がり、体の内側全てをぴったりと満たすように彼を感じられて、うっとりとした笑みが自然にこぼれた。

「……しあわせ、です……あっ……!?」

ぐん、と内部の圧迫感がさらに増して驚いた声をあげると、桐一郎が苦笑する。

「……あんまり可愛いことを言うものじゃないよ。加減してやれなくなるだろう？」

「加減なんて、しないでください……。旦那様のお好きなように、してほしいです……」

「……まったく」

頬を上気させ、陶然と潤んだ瞳で無意識に誘惑する六花の髪を、桐一郎は苦笑しながらくしゃくしゃと撫でる。全身が敏感になっているせいか、そんないつもの仕草にもぞくぞくして甘く濡れた吐息が漏れた。

「そんなに色っぽい顔で、煽るものじゃないよ」

「え……？　僕、色っぽくなんか……あぁ……っ」

不思議な言葉に抗議しようとしたら、ずずっ、と身内から彼が抜け出ていこうとする。ぞくぞくと紛《まぎ》れもない快楽に背中をしならせた六花は、厚い肩をぎゅっと抱いて、慌てて首を横に振った。

「だめ……っ、抜いたら、いやです……っ」

「……抜くわけじゃないよ」

くすりと笑った桐一郎は、今度はまたゆっくりと押し入ってくる。出て行ったとき以上に甘く痺れるような感覚が四肢を貫き、勝手に甘い悲鳴があがった。

「あー……っ、あっ、やっ、なんで、こんな……っ？」

「……気持ちよさそうだね、六花。ここ、擦られるの好き？」

色っぽい低音で耳元に問われて、かあっと頬が熱くなる。好きだなんて言ったら、ものすごくいやらしいと思われてしまうんじゃないだろうか。

返事を躊躇《ちゅうちょ》している間にも、桐一郎はまたゆっくりとした動きで内壁を摩擦して六花から甘い声を引きずり出してしまう。

「あっ、やだ、どうしよう……っ、あぁ……ッ、や、ごめんなさい、旦那様……っ」

ずん、と突き上げられた拍子に先端から蜜が溢れ、絡みついていた彼の指を汚してしまう。

混乱しながらも半泣きで謝ると、桐一郎が艶めかしい仕草で長い指を舐めて見せた。その姿にもぞくりと背筋が震える。

「六花は謝ってばかりだね……。私はこのうえなく悦んでいるというのに」

「本当、に……?」

「ああ。こんなに深くまで私を飲みこんでくれているのに、わからないかい?」

ぐいと抱き寄せられて、さらに奥まで満たされた六花は甘く啼《な》いて首を仰《の》け反《ぞ》らせる。その白く晒された首筋まで甘噛みされ、指先まで痺れが走った。

「だいすき……、旦那様、愛してます……。僕で気持ちよくなってくださったら、うれしい……」

とろけた意識で浮かんできた気持ちを、そのまま言葉にして抱きしめた彼の耳に届ける。息を呑んだ桐一郎が堪《たま》らないようにきつく抱きしめてくれ、吐息ごと唇を奪われた。

「んっ、んふ……っ、んっ、ん……っ」

口づけで声を全て飲みこまれ、全身に熱が溜まった。深く突き上げられるたびに達してしまいそうになるけれど、拓《ひら》かれたばかりの六花の体はまだ後ろを熱塊に愛されるだけでは放出することができない。あまりにも激しい愉悦に、ぼろぼろと涙が零れる。

「もう終わりたい? 六花……」

色っぽく息を乱した桐一郎が気遣わしげに耳元に囁く声も、快感を煽った。ここで頷けば、彼はきっと六花に指を絡めて終わりを迎えさせ、自分も合わせて終えてくれるつもりなのだろう。

もう達してしまいたい。それは頭がおかしくなりそうなほどの欲求だけれど、六花には今夜しかないのだ。もっといっぱい、二度と忘れられないくらいに彼を焼き付けてほしい。

だから、泣きながらも首を横に振った。

ふ、と桐一郎が甘く苦笑する。

「初回から、そんなに無理をすることはないよ……。明日、六花がつらくなる」

「いい、です……っ。つらくてもいいから……っ、終わらせないで、くだ、さい……っ」

しゃくり上げながら切羽詰まった懇願をする六花に、桐一郎はわずかに眉根を寄せる。

感じすぎてつらそうに見えるのに、終わりを嫌がるなんて。

ふ……、と端整な口許に微苦笑が浮かんだ。

泣き濡れた緑色の瞳を見つめて、桐一郎は約束してやる。

「一回で終わりにしないから、一度楽におなり」

「ほんと、に……っ?」

朦朧とした意識で問えば、桐一郎はやさしく笑んで頷いてくれる。

「ありがと……、ござい、ます……。旦那様、大好きです……」

ぎゅっと彼の首筋に抱きついてお礼を言うと、にっこりと、それはそれは綺麗な笑みが返ってきた。思わず見とれた六花は、彼が笑顔で低く囁いた言葉の意味を取り逃してしまう。

「……明日、自力では起き上がれないようにしてあげようね」

【6】

火照《ほて》った額《ひたい》にひやりとしたものが触《ふ》れて、心地よさに六花《りっか》は重たいまぶたをゆっくりと開いた。

「おはよう、六花」

このうえなく甘い笑みで爽《さわ》やかに朝の挨拶《あいさつ》をしてくれたのは、普段通りにきちんと着物を身に着け、見とれるほど端正な姿で枕元に座っている桐一郎《とういちろう》だ。

その手許《てもと》には水をはった盥《たらい》……、どうやら額に載せられたのは、彼が絞ってくれた冷たい手拭《てぬぐ》いらしいことに気付く。

チチチ、と鳥が鳴く声がした。部屋の中は火鉢《ひばち》の熱で暖かいけれど、障子《しょうじ》を透かして入ってくる弱い光からしていかにも外は寒そうな気配がする。

よく見ればここは店主の部屋、布団《ふとん》も彼のものだ。

「おはよ……ござい、ます……」

側仕《そばづか》えである自分よりも店主がずっと早く起きていることに困惑しながらも、六花は挨拶を返す。そして、ひどくかすれている自分の声に戸惑った。

(風邪《かぜ》、かな……?)

だからといっていつまでも寝ているわけにはいかないと身を起こそうとすると、体に力が入らず、腕を上げることすらままならない。

全身がだるくて熱っぽいし、皮膚の薄いところはやけに過敏になっているし、体中の関節がギシギシする。特に股関節の辺《あた》りがひどくて、なんだかお腹《なか》の奥が少し痛い。しかも、あらぬところに何かが入っているような妙な感じが……。

そこまで自分の状況を分析して、かあっと六花は頬《ほお》を染めた。昨夜自分の身に起こったことが、一気に甦《よみがえ》ってきたのだ。

「大丈夫かい? 今朝方まで相当可愛《かわい》がったから、起きられそうにないだろう?」

くすりと笑った桐一郎にくしゃくしゃと髪を撫《な》でながら言われ、ますます頬が熱くなる。

たしかに桐一郎が与えてくれた夜は、六花の想像を超える濃密さで忘れられないものになった……途中までは。後半は意識が朦朧《もうろう》としていて、実はほとんど記憶がない。

いや、わずかに残った記憶からして、覚えていない方が身のためのような気さえする。

とにかくめちゃくちゃに乱された。彼は終始やさしかったけれど、容赦《ようしゃ》はなかった。気を失うたびに口移しで水を与えられて意識を引き戻され、ずっと入れられたままで、散々《さんざん》あられもない格好を晒《さら》して、恥ずかしい声を止められなかった。最後はもう絶頂の徴《しるし》を出せなくなっていたのに、達することができたような気がする。

全身、彼に見られていないところも、手や口で触れられていないところも、きっとない。

「ご、ごめんなさい……っ」

真っ赤になった六花は瞳《ひとみ》を潤ませて謝る。布団に潜《もぐ》りこんで姿を隠したいけれど、体がだるくて枕に顔をうずめるだけで精一杯だ。

桐一郎が笑っていつものようにくしゃりと髪を撫でてくれた。

「どうした？　何を謝ることがある？」

「だって、あんな……僕、いやらしくて……」

「ものすごく可愛くて、色っぽかったよ。無理させてすまなかったね」

ちゅ、と唇にやさしい口づけが落とされた。

ふわりと幸福感に胸を満たされながら、六花は恥ずかしげに首を横に振る。たしかに微熱が出るほど体には負担がかかったようだけれど、彼に愛してもらえたことが本当に嬉《うれ》しいから謝られるようなことではないのだ。

（……なんだろう、何か忘れている気がするんだけど……）

そう思うのだけれど、愛情に満ち溢《あふ》れた眼差《まなざ》しで見つめられ、慈しむように髪を撫でてもらっていると、熱のせいもあってふわふわしてうまく思考がはたらかない。

「卵粥《たまごがゆ》を作ってもらったけれど、食べられるかい？」

頷《うなず》くと、桐一郎が背中を支えて起こしてくれる。そのまま体を起こしていることさえままならない六花を広い胸にもたれさせて、彼は機嫌よく土鍋の載った盆を引き寄せ、蓋《ふた》を開けた。ふわりと白い湯気と共に美味《おい》しそうなやわらかい匂《にお》いが立ち上り、土鍋の中のあたたかな卵色とあいまって食欲を刺激する。

「美味しそうですね」

かすれた声ながらも嬉しそうに言うと、六花が手を伸ばす前に桐一郎がれんげを手に取った。お粥を掬《すく》って、ふうっと息を吹きかけて冷ます。

「ほら、六花、あーん」

口許にれんげを差し出されて、ほんのりと頬が染まった。本来ならお世話をするべき人に逆に幼い子どものように甘やかされるのは、なんだか気恥ずかしくて居心地が悪い。

「旦那様《だんなさま》……、そこまでしていただかなくても、僕、自分で……」

「まともに腕も上げられないのに？　お前をそうしたのは私なのだから、素直に甘えておきなさい」

楽しげな桐一郎に再び口許にれんげを差し出されて、仕方なくはくっとお粥を口にする。猫舌の六花に合わせてかなりぬるくしてくれていた卵粥は、やさしい味わいで嗄《か》れた喉《のど》にもすんなりと通っていった。

絶妙に食べやすいペースで運ばれるれんげを口に入れているうちに、おなかがいっぱいになってしまった。おなかがふくれるとなんだか眠くて、とろんとまぶたが下がってくる。

「……眠そうだね、六花。今日はこのまま、ゆっくりお休み」

軽い口づけをくれてから桐一郎は静かに六花の体を布団に横たえて、再び冷たい手拭いを額に載せてくれる。

「ありがと……ございます、旦那様……」

半ば夢うつつで微熱に潤んだ瞳を桐一郎に向け、お礼を言うと、ふ……と彼の端整な唇に微笑が浮かんだ。くしゃりと髪を撫でられる。

「熱が下がったら大切な話があるから、勝手なことをしてはいけないよ。このままいい子でいてくれるね……?」

穏やかな低い声に誘われるようにこくんと頷けば、褒美《ほうび》のようにやさしい口づけを与えられた。

その幸せな感触を最後に、六花の意識はすうっと薄れ、眠りに落ちてしまった。


うっすらと浮上してきた意識で、六花は人の気配を感じる。ちゃぷんと水の跳ねる音がしたから、手拭いを絞ってくれているのだろう。

桐一郎に言われたからというわけではないが、今日は本当に長いこと眠ってしまった。

かなり頻繁に椛《もみじ》と女中頭のおヨシが様子を見に来てくれたようなのだけれど、半分以上夢の世界にいたのであまり定《さだ》かではない。

ただ、お昼どきには相変わらず機嫌のよさそうな桐一郎が現れ、朝食のときと同じように甲斐甲斐《かいがい》しく食事の面倒をみてくれた。食後にあめ湯を飲ませたあと、軽い口づけをくれ、再び眠りにつくまでずっと髪を撫でていてくれたのは覚えている。

今日もお店は忙しいはずだから彼の時間を奪うのが申し訳なかったけれど、でもとても嬉しかった。その幸せな感覚は、今もまだ続いている。

ひやりと額に冷たいものを載せられて、六花はようやく重いまぶたを薄く開けた。

鮮やかな茜色《あかねいろ》の着物の優美な後ろ姿に、綺麗《きれい》に結《ゆ》い上げられた黒髪の後ろ姿がぼんやりと見える。うつむいて、林檎《りんご》を剝《む》いているらしい。ふわりと甘い、爽やかな香りがする。

（大奥様……？）

今日の椛は藤色の着物だったような……と、まだはっきりと覚醒《かくせい》しない頭で考えていると、ふいにその人が振り返った。

「六花さん……！　目が覚めたのですね。具合はいかがですか？」

にっこりと笑いかけてくれた和風美人に、薄くて甘い砂糖菓子のようだった夢の世界が音をたてて崩れた。欠片《かけら》が、胸の奥に深く鋭い傷を付けて苦く積もってゆく。

「苑《その》、子《こ》……様……。どうして、ここへ……？」

無意識に呟《つぶや》いた六花に、桐一郎の美しい婚約者はくすりと悪戯《いたずら》っぽい笑みを浮かべる。

「お医者様のところへ行った帰りに寄らせていただきましたの。伊勢屋《いせや》さんに行くと言うと、お付きの者も気を利かせて先に帰ってくれるから息抜きにちょうどいいですわ。いつも見張られていると気が滅入《めい》ってしまいますもの。おヨシさんがお忙しそうでしたので、私が六花さんの看病をかってでましたの」

「お医者様のところって……、どこかお悪いのですか？」

ふらふらしながらも上体をなんとか起こして、気にかかったことを問いかけてみる。朝は全然動けなかったけれど、たっぷり眠ったおかげで回復できたらしく今回はちゃんと起きることができた。

苑子は明るく笑って否定するように手を振った。

「どこも悪くはありませんわ。でも、慣れないところに行って具合が悪くなると不安になってしまうでしょう？　ですから子どもの頃からかかっているお医者様に、各種のお薬だけいただいてきましたの」

「そう、ですか……」

慣れないところ……、すなわち、嫁いだあとの準備を彼女が着々と進めているのだということに気付いて、さあっと血の気《け》が引いていく。

自分はこんなところで、みんなに世話をされてぬくぬくと眠っていてはいけないのだ。

彼の元を去るつもりで一晩だけの思い出をもらったのに。

目の前のこの綺麗な女性を、裏切ったのに。

「六花さん……!?　大丈夫ですか？　まだ横になっていらした方がいいのでは……」

真《ま》っ青《さお》になった六花の顔を苑子が心配そうにのぞきこむ。

その綺麗な瞳を見返すことができずに、顔をそらした。自分の罪深さと醜さに体が震える。

（出て……、出て行かなきゃ……、早く……！）

小刻みに震える手を上掛けにかけて立ち上がろうとしたけれど、めまいがして結局座り直す。思ったよりも熱が高いのかもしれない。

「あの……、解熱《げねつ》のお薬を、お持ちではないですか……？」

「あ、あります！」

苦しい吐息混じりに聞いてみると、案《あん》の定《じょう》医者帰りの彼女はそれを持っていた。

「でも、このお薬はよく効く代わりに少し強いらしいのです。林檎を剝きますから、一切れだけでも召し上がった方がいいですわ」

そう言うと六花が遠慮するのも聞かず、自分の手が汚れることも気にしない様子で剝きかけだった林檎を手早く剝いてくれる。楊枝《ようじ》に刺した食べやすい大きさの林檎を受け取ると、じわりと目の奥が熱くなった。

泣きたくなるほどやさしい人だ、と思う。

この人ならきっと、桐一郎は誰よりも幸せになれる。だから自分なんかが邪魔《じゃま》をしてはいけないのだ。

出林檎を齧《かじ》ると、甘酸《あまず》っぱさに胸の奥がぎゅっと痛んだ。

禁じられたこの木の実を食べて、楽園を追放されたという外国の話を読んだことを思い出す。


(欲張ったから、罰《ばち》が当たったんだ……)

林檎をなんとか全て飲みこみ、苑子が差し出してくれた薬包を開く。

自分が桐一郎を愛さなければ、愛してもらうことを望まなければ、きっとずっと側にいられた。

美しい妻と可愛い子どもを持つ彼の側で、きっと笑っていられたはずなのに。

くっと仰いで、苦い粉末を口の中に入れた。やはり苑子が差し出してくれた白湯《さゆ》で、口の中の苦みを全部飲みこむ。

こんなときにさえ裏切ってしまった女性の手を煩《わずら》わせてしまう自分が心底情けなくて、嗤《わら》ってしまいそうだった。

「六花さん……?」

心配そうに声をかけてくれた苑子の視線を、今度はちゃんと受け止める。

彼女は清らかで美しい、黒曜石のような瞳をしていた。桐一郎の隣に並んでも違和感のない、綺麗な黒髪、黒い瞳。薄気味悪い猫の目を持つ自分なんかとは、全然違う。

誰よりも愛《いと》おしい彼を幸せにできるのは、この女性なのだ。

「……いろいろと、ありがとうございました。お幸せになってくださいね」

泣かずに、笑みさえ浮かべて、餞《はなむけ》の言葉を言うことができた。深い、諦《あきら》め。

突然の発言に驚いたような顔をした苑子だったが、ふわりと、ほころぶように笑って頷いてくれた。

「はい。必ず、近いうちに……」

「少し眠りたいので」と一人にしてもらったあと、六花は布団に座って、店主の部屋を記憶に焼き付けた。ほのかに彼の香りが染みこんだこの部屋には、もう二度と来られない。

幸せだったな、と思う。

雪の夜に拾ってもらってから今日まで、約十年間。いつも桐一郎が側にいてくれて、とても可愛がってくれた。

店で嫌な思いをすることがあっても、すぐに彼が守ってくれて、悲しみをやさしく癒《い》やしてくれた。

彼が六花を大事にしてくれるから伊勢屋のみんなも倣《なら》うようにやさしい人ばかりで、ここにいる限りいつだって安心していられた。

彼の側にいるだけで、本当に幸せだった。

……だけどもう、出て行かなくては。

本当の疫病神《やくびょうがみ》になる前に。

桐一郎が手に入れるべき幸せを、壊してしまいたくなる前に。

すうっと息を吸いこむと、六花は瞳を閉じた。いつの間にか溢れていた涙を、乱暴に袖《そで》で拭う。

これからは、もう泣かないのだ。自分の泣ける場所はもうないのだから。

苑子がくれた薬はたしかによく効いたらしく、体の節々は痛むものの頭はすっきりしていた。よろめきながらも立ち上がり、六花は布団を畳み、部屋を片付けてゆく。

自分の部屋に戻ると、せめてお礼の手紙を残そうと文机《ふづくえ》から筆記具を取り出した。

書いてはごみ箱に丸めて捨てることを何度か繰り返し、結局「お世話になりました」という一言だけを記す。伝えたいことがありすぎてうまく言葉にできなかったのだ。

どう見ても恩知らずなそっけない置き手紙を悲しい気持ちで眺めてから、昨日用意しておいた風呂敷包みを手に取った。荷造りしたときよりも体調が悪いせいか、それは昨日よりも大きく、重く感じられてしまう。

しかしぐずぐずしてはいられない。誰かが様子を見に来てくれるかもしれないから。

大きく息を吸いこみ、きつく唇を噛《か》んで襖《ふすま》を開ける。それからくるりと振り返り、部屋全体に向かって深く頭を下げた。

大丈夫、泣いてなんかいない。

きりりと顔を上げた六花は部屋を出て、二度と触れることはできないであろう慣れ親しんだ襖を最後に、静かに閉めた。


粉雪のちらつく夕暮れどきの街を、どこに行くという当てもないまま だるい体を引きずるようにして六花は伊勢屋から離れていく。幸い誰にも会わずに出てこられた。

年末ならではのどこか落ち着きのない喧噪《けんそう》が辺りには満ちているけれど、六花の行く手を阻《はば》む者は誰もいない。この忙しい時間帯にわざわざ異国の者に声をかけるような物好きはいないから。

前髪を括《くく》るために桐一郎がくれた白い帯締めは、大切に胸元に仕舞ってある。だから今、分けてもいない前髪はばさりと目許を覆い、苦悩に満ちた緑色の瞳を隠してくれている。

視界が悪い。

以前はそんなこと思わなかったのに、一度明るい世界を見てしまったらこの長い前髪はとても邪魔な気がした。だけど腕を上げる気力もない。

何も考えたくない。とにかく、遠くへ。

「ルカ……？」

黙々《もくもく》と足許を見て歩き続けていた六花は、ためらいがちな声をかけられてびくっと足を止めた。

ゆっくりと顔を上げれば、困惑した表情の堀川子爵《ほりかわししゃく》が黄昏《たそがれ》の雑踏《ざっとう》の中に立ち止まって、こちらを見ている。

「どうしたんだい、その髪型に、その荷物……？　人違いかと思ったよ」

気付かないでいてくれたらよかったのに……と思いながらも、近づいてくる彼に向かってなんとか儀礼的な笑みを唇にのせる。子爵は今日も手に薔薇《ばら》の花束を持っているから、ちょうど六花に会いに伊勢屋に向かうところだったのだろう。

「そんな風にしていたら、前がよく見えないんじゃないかい？」

ほのかに薔薇の香りを漂わせる彼の手が頭に伸ばされたとき、麻痺《まひ》していたような胸の内に突如《とつじょ》激しい恐怖心が湧《わ》き起こった。ぱっと彼の手を避ける。

「……あ、すまない。驚かせてしまったかな」

自分の反応に驚きながらも、六花は青ざめた顔でかぶりを振る。また手を伸ばされないように自分で前髪をかき分けた。

明るくなった視界に困ったように気弱な笑みを浮かべている子爵の姿が入ってきて、申し訳ない気持ちになる。

桐一郎や椛の手ではこういうことはなかった。目の前の堀川子爵はどう見てもやさしそうなのに、どうして過剰反応してしまうのだろう。

「それにしても、その荷物はどうしたんだい？　商品の配達かな？」

気まずい空気を変えるように明るい声で腕の中の風呂敷包みについて問われ、一瞬迷ってから六花は口を開いた。彼には自分が伊勢屋を出てきたことを伝えておかないと、今後無駄足を踏ませてしまう。

「あの……、僕、伊勢屋さんを出てきたんです。ですから、これからは……」

「どうして⁉　きみは幸せにしていると言っていたのに、何かあったのかい？　虐《いじ》められたの？」

驚いた様子の子爵に遮《さえぎ》られ、心配そうな問いかけに苦笑して首を横に振る。

「いいえ。伊勢屋さんにいる方はみんないい方ばかりですから、そんなことは……。ただ、僕は疫病神ですから、もう出て行かないとと思って……」

「疫病神……⁉」

息を呑《の》んだ子爵が、眼鏡《めがね》の奥の目を見開いた。風呂敷を抱える六花の腕を、思わずというように摑《つか》んでくる。

「ルカ、そんなことを言われたのかい⁉」

「い、いいえ……！　ただ僕が、自分でそう思っただけで……」

あまりの剣幕《けんまく》に後ずさりながら答えると、子爵は何か苦いものを飲みこんだかのような表情になった。

「きみが自分で、そんなことを……？　なんということだ……！」

「あ、あの……、僕、もう行きます」

彼の持っている花束から漂ってくる香りに気分が悪くなってきて、六花は掴まれた腕を引き抜いて逃げようとする。この香りは苦手だ。ひどく落ち着かなくて、何かよくないことが起こりそうな気がするから。

しかし子爵は六花の腕を放してはくれなかった。いかにも心配そうに、青ざめた顔をのぞきこんでくる。

「行くって、どこへ？　ルカ、きみ、ひどく顔色が悪いよ？」

「へ、平気です……」

答えながらも、薔薇の香りのせいか呼吸が苦しくなって目の前が揺れ、つられるように足許がよろめいた。腕を掴んでいる子爵にはふらついたのがはっきり伝わったらしく、意を決したように唇を引き結ぶ。

「平気って、とてもそうは見えないよ。随分《ずいぶん》体調が悪そうじゃないか。大したことはできないかもしれないけれど、今夜はうちにおいで」

「だ、大丈夫ですから……！」

「そんなに真っ青な顔をして何を言うんだ。いずれにしろ、そんな状態ではどこにも行けやしないよ」

そう断言すると、子爵は六花の腕を取ったまま歩き始めてしまった。ついて行きたくはないのに、気分が悪くて抵抗する気力も体力もない。半ば引きずられるようにして、ゆっくりと歩いてくれている子爵のあとに続く。

(……もう、いいや……。どうせ旦那様のところへは帰れないんだし……)

そう思うと、今夜の寝床ができて喜ぶべきなのかもしれなかった。それなのに、喜びよりも得体《えたい》の知れない不安がじわじわと胸の奥に広がってゆく。

倒れないように支えてくれているのかもしれないけれど、腕を摑まれて逃げられない状態になっているのが不安に拍車《はくしゃ》をかけた。

子爵のお屋敷は、思っていた以上に歩いた先の閑静な高級住宅街にあった。体調がいいとは言い難《がた》い状態をおして歩き続けていた六花は、「あれだよ」と見えてきた屋敷を指さされてとにかくホッとする。

しかし石でできた背の高い門柱を抜けた瞬間、どこからか漂ってきた薔薇の香りにぞくりと鳥肌がたった。長い時間歩き続けて体はほどよく温まっているから、寒いせいではない。

(……なんだろう、何か、ここは……)

二階建ての瀟洒《しょうしゃ》な白い洋風の建物が薄闇にぼんやりと浮かび上がっているのを見ても、言いようのない不安がよりいっそう胸の中を重く満たしてゆく。まったく覚えのない場所なのに、何かの危険を察知したかのようにひどく神経が逆立つ。

すでに空には一番星さえ輝いているのに、お屋敷には明かりひとつ点《つ》いていなかった。

「少し待ってね」

そう言うと子爵はスーツのポケットを探って鍵《かぎ》を取り出し、両開きの玄関のドアを開ける。

真っ暗な闇の向こうに人のいる気配はなく、外よりも濃い薔薇の香りがする。

「えっと、この辺に蠟燭《ろうそく》が……。ああ、あった、あった」

子爵は呟きながら燭台《しょくだい》の蠟燭に火を点《つ》け、それを手にホールの左側にある部屋のドアを開けた。そこもやはりしんと冷えきって真っ暗で、誰もいない。

華族のお屋敷なのに、女中一人いないなんておかしい。

「堀川子爵……、ここには、他に誰もいないのですか?」

ようやく点けられた電灯の明るさにくらんだ目を細めつつ、思いきって訊《たず》ねると、子爵は火のない暖炉《だんろ》に向かいながら眉《まゆ》を下げて苦笑した。

「うん。一カ月くらい前に、訳あって全員に暇を出したんだ」

「訳あって、じゃねえだろ」

突然背後から聞こえた凄《すご》みのある低い声に、六花はドアから飛びのく。

見れば、体格のよい長身に上等なスーツを纏《まと》った、どう見ても堅気《かたぎ》とは思えないような目つきの鋭い迫力ある男が立っていた。かつて刃物によって負ったらしい傷跡が残る削《そ》げた頬には、皮肉っぽい笑みを浮かべている。

（や、ヤクザ……⁉）

年の頃は同じくらいでも、見るからに育ちのいい子爵には実に不似合いな来客だ。しかも、呼《よ》び鈴《りん》も押さずにズカズカと入りこんでくるなんて。

「村上《むらかみ》さん……」

「おいおい、今日こそ金を返してもらえるかと思って来てみりゃあ、ソレは何だよ。伊勢屋から金と一緒にもらってきたとでも？」

村上と呼ばれた男が視線で指したソレとは、自分のことだと六花は気付く。ぎろりと鋭い目で睨《にら》まれた子爵は困ったように、気弱な笑みを浮かべた。

「いや、それが……。ルカは伊勢屋さんを出てきたらしいんだ」

「ああ⁉　それで、金は？　頼んでおいたんじゃねえのかよ？」

六花と目を合わせないままの子爵が困り顔で首を横に振ると、村上がチッと鋭く舌打ちをした。

二人の会話から、六花は子爵が自分に会いに来ていた本当の理由を理解してしまう。

叔父として、ただなつかしくて会いに来ていたというのは嘘《うそ》なのだ。子爵は村上というヤクザ者に借金があり、六花をダシにして裕福な伊勢屋にお金を無心しようとしていたのだ。

もしかしたら、叔父というのも嘘……？

子爵に呆然《ぼうぜん》とした目を向ければ、彼は暖炉の前で途方《とほう》に暮れたように肩を落としていた。六花と目が合うと、申し訳なさそうな笑みを浮かべる。

「……こういうわけだから、私はルカにお医者様も呼んであげられないんだ。でも、寝るところくらいなら……」

「何言ってんだよ！」

だん、と村上が拳《こぶし》で壁を叩《たた》いた激しい音に、子爵と六花は同時に身をすくめる。

「……なんであんたが、ソレの面倒をみるような話になってんだ？　人の面倒みる余裕なんかねえはずだろ。俺が言ったのはそいつを使って、伊勢屋にちょいと金を出してもらえってことだったよなあ？」

「や、やっぱり、私の借りたものだし……、そういうわけには……」

「ああ？　聞こえねえな。……今からでも遅くはないぜ」

ぎらりと村上が六花に視線を移した直後、うっとうめいて前のめりになった。何事かと仰天《ぎょうてん》している六花の耳に、甲高《かんだか》く幼い声がはっきりと届く。

「シシャクをいじめちゃダメっていってるじゃん！　父ちゃんのバカ！」

「……駒子《こまこ》、てめえ、思いっきり蹴りやがったな……」

ギリギリと奥歯を噛み締めたまま地を這《は》うような不穏《ふおん》な声を発する男の脚の陰から、ひょこりと短いおかっぱ頭がのぞいた。

洋風のコートとワンピースを身に着けたこけしのような少女は、気の強そうなどんぐりまなこをしている。年の頃は五、六歳か。父ちゃんと呼んだからには娘なのだろうが、今にも視線で人を殺してしまえそうな村上に対してまったく怯《ひる》んでいない。

苛立《いらだ》たしげに嘆息した村上が、子どもの首根っこを摑んだ。

「……それよりお前、なんでここに居《い》んだよ。勝手にウチを出てきたんじゃねえだろうな」

「かってに出てきた」

ぎりりと村上の視線の鋭さが増すと、駒子と呼ばれた少女はけろりとした顔で言い足す。

「けど、何人かコソコソついてきた。たぶんいまも、外でみはってる」

「……そうかよ。ったく、今日は気の利く奴がいてよかったけどなあ、勝手に一人で外に出るなっていつも言ってんだろ。誰に狙《ねら》われてるかわかったもんじゃねえんだぞ」

「そんなの父ちゃんがわるいんじゃん。父ちゃんもシシャクみたいにやさしかったら、うらみとかかわなくてすむのにさー」

「やさしいだけで生きていけりゃあ世話ねえよ。現にお前の大好きなおやさしい子爵様は、金に困ってんだろ」

「シシャクは駒子のダンナさまになってもらうから、やさしいだけでいいんだもーん」

どうやら駒子が「柄杓《ひしゃく》」と同じ音程で言っている「シシャク」とは、堀川子爵のことらしい。

生意気な口調で口答えする娘に、村上は諦めたようなため息をついて掴んでいた手を離した。小さな体がころりと転げそうになると、何気なく支えてやっている。強面《こわもて》なのに父親らしさが垣間見《かいまみ》えてつい口許をほころばせてしまうと、忌々《いまいま》しげに睨まれてしまった。

暖炉にようやく火を熾《おこ》した子爵が、穏やかに笑いながら立ち上がる。

「駒子ちゃんの気持ちは嬉しいけど、きみからすれば私は随分と年寄りだよ？」

「アイがあればトシのサなんて！」

即座に否定した駒子がぴょこりと室内へ顔を向けた瞬間、六花と目が合った。

ぎょっとしたようにどんぐりまなこを見開いた駒子は、慌てた様子で父親の脚の陰に隠れてしまう。見慣れない存在に今初めて気付いたらしい。あの恐ろしげな父親にさえ物怖《ものお》じしないで口答えするのに、今は窺《うかが》うように長い脚の隙間《すきま》からこちらを見ている。

（……あ、僕の外見のせいか）

どうしよう、と戸惑った脳裏に、料亭で初めて会ったときのロバートの笑顔がよぎった。

笑顔と、挨拶。あれでロバートが怖くなくなった。だから、六花は少女に向かってにっこりと笑いかけてみる。

「駒子ちゃん？　こんにちは。僕、り……いや、ルカです」

六花と名乗ろうとしたけれど、桐一郎にもらったその名は伊勢屋の六花のものだから、ルカと言い直す。しくりと、胸が痛んだ。

「うひゃあ……！　こ、こんにちは！　父ちゃん、あの人、すっごいきれいだよ！」

ぱあっと瞳を輝かせた少女は、村上の脚の間から顔を出してはしゃいだ声をあげる。不機嫌そうに脚を上げて娘を追い出した村上は、ちらりと六花に目をやると口の端を曲げて笑った。

「……ああ。あれなら子爵が金を返してくれなかったときに、良い値で売れるだろ」

恐ろしげな呟きが響くなり、子爵が真っ青になる。

「な……っ、村上さん、そんなの駄目だよ！　ルカは関係ないんだから！」

「うるせえな。だったら綺麗事なんか言ってねえで、さっさと伊勢屋に頼んで金出してもらえよ。あんただって、いつまでもこんな生活続けたくはねえだろ」

部屋中央にある応接セットに大股で向かった村上は、どさりと天鵞絨《ビロード》のソファに腰を下ろす。懐《ふところ》から煙草《たばこ》を出して火を点けると、深く吸ってからふうっと紫煙《しえん》を吐き出した。

「……女中がいねえから、茶のひとつも出やしねえしよ」

「あ、すまない、気がつかなかったよ……！　駒子ちゃんとルカも紅茶でいいかな」

慌てた様子でドアに向かう子爵に、六花の方が面食らう。

「あの、いえ、僕は……」

「わあい、シシャクのおちゃ、だいすきー。今日もバラのジャム、つけてね」

駒子の注文に笑顔で頷くと、子爵は足早に部屋を出て行ってしまった。……仮にも華族なのに、お茶の給仕を要求されても腹が立たないらしい。

「……馬鹿みてえなお人好《ひとよ》し」

ふう、と煙の先を眺めながら、村上が皮肉っぽく呟く。たたたっ、と彼の元まで駆け寄った駒子が、唇をとがらせて人差し指を立てた。

「シシャクはバカじゃないよ。むずかしい本いっぱいよんでるもん」

「生きるのが下手《へた》くそって意味で馬鹿っつってんだよ」

「むむ、それはひていできないかもー。でもそういうとこもシシャクのいいとこだよね。オヒトヨシすぎて父ちゃんや駒子にもやさしいしさ」

無言で眉根を寄せた村上が、大きく煙を吐いてから言った。

「で、駒子。今夜の晩飯《ばんめし》どうすんだ？」

突然の夕飯の話題にも、駒子は戸惑うことなくニヤリと笑う。……笑い方はちょっと父親に似ている。

「もちろん、ミライのダンナさまのめんどうもみるのが駒子のやくめ」

「ったく、仕方ねえなあ……。いいぜ、表にいる奴等《やつら》を連れて適当に買ってきな」

「まいど～」

札入れからごっそりとお金を幼い娘に渡す村上を、六花は信じられない思いで眺める。この流れでいくと、どうやら村上父娘《おやこ》は子爵と夕飯を共にするつもりらしい。しかも、今回が初めてではないようだ。

くるる、と六花の方を向いた駒子が、にこにこと問いかけてくる。

「ルカちゃん、きらいなたべものない？」

「え……、えっと……、ないよ」

突然のルカちゃんという呼びかけに戸惑いつつも頷くと、駒子は元気よく駆け出した。

「わかった。じゃあ、いってきまぁす」

「い、行ってらっしゃい……」

つられて返事して、ドアの向こうにひらりとスカートが消えるのを呆然と見送る。

「……おい。そんなとこに突っ立ってねえで、座ったらどうだ」

迫力ある低い声をかけられて、おそるおそる振り返った。いまさら気付いたけれど、この恐ろしげな人物と二人きりで残されてしまったのだ……！

「ちょっと話してえことがあんだよ。おら、とっとと座れ」

組んだ脚でガツッと丸テーブルを蹴って急《せ》かされて、六花は慌てて向かいの椅子に腰を下ろす。娘といるときはあまり恐ろしく見えなかったけれど、改めて見ると妙な凄みがあってやはり怖い。

ゆっくりと煙を吐き出した村上は、テーブルの上のガラス製の灰皿に煙草を押し付けて消した。

「あんたさあ、堀川子爵の兄貴の子どもなんだって？」

「そう、らしいです……」

記憶がないのではっきりとは頷けないし、さっき子爵のことを疑ったけれど、彼は「自分の借りたものだから伊勢屋に迷惑はかけられない」とも、借金は「ルカには関係ない」とも言ってくれた。子爵の人の好《よ》さはどうやら筋金入《すじがねい》りのようだし、信じてもいい気がする。時折、妙な不安には襲われるけれど。

「だったら、子爵のこと見捨てたりはしねえよなあ？　頼んでくれるだろ、伊勢屋さんに借金の肩代わり」

笑顔なのに、目つきが鋭いままのニヤリ笑いだから脅しているようにしか見えない。

びくびくと身をすくめながらも、六花は首を横に振った。

「む……、無理なんです……。僕、伊勢屋の皆さんには二度と顔向けできないようなことをして出てきましたから……」

「まあそう言うなって。素性《すじょう》のわからねえガキを十年も面倒みてくれたなんて、懐の深《ふけ》え話じゃねえか。頼めば聞いてくれると思うぜ？　一度頼んでみろよ」

迫力ある猫なで声で言われても、引き受けるわけにはいかない。

桐一郎なら頼めば借金の肩代わりをしてくれるだろうけれど、六花には彼に合わせる顔がない。いや、それよりも、愛する人にはこれ以上何も迷惑をかけたくなかった。

殴《なぐ》られてもかまわないつもりで、思いきって首を横に振る。

予想外に、村上は疲れたような嘆息を漏らしただけだった。再び煙草を取り出して火を点ける。

「あんたに見捨てられたら、子爵の行く末は決まったようなもんだな。いいとこの坊ちゃんなのに、哀れだよなあ。人が好すぎるばっかりによ……」

ふう、と目を細めて煙を吐き出す。

「知ってるか？　あの人の借金、『孤児に同情する会』なんていう慈善団体を名乗る詐欺師《さぎし》らに騙《だま》されたからなんだぜ」

「え……？」

「もともと堀川子爵が慈善事業……、特に不憫《ふびん》な子ども関係に熱心なのは有名な話だったんだよ。噂《うわさ》によると、幼い頃に行方《ゆくえ》が知れなくなった甥《おい》への罪滅《つみほろ》ぼしとか言われてたな。で、そこにつけ込まれるようにして、件《くだん》の慈善団体の代表者にされちまったわけだ」

ぱちくりと目を瞬《しばた》いてしまう。行方知れずの甥とは、きっと自分のことだ。

六花が興味を持ったことをちらりと確認してから、村上は話を続ける。

「その似非《えせ》慈善団体の奴等は、慈善事業のための資金だとか言って子爵の知り合いから散々金を掻《か》き集め、そのまま逃げた。それが十一月の末の頃だ」

料亭で子爵を見かけた直後くらいだろう。あの頃は子爵だって屋敷に一人の召使いも置けなくなる日が来るなんて思いもしなかったに違いない。

　ふと六花は首をかしげる。

「……今のお話だと、子爵は騙されてはいるけど借金はないですよね？」

「まあ最後まで聞けよ」

　苛立《いらだ》たしげに顔に煙を吹きかけられ、六花は咳《せ》きこむ。お香と違って、煙草の煙はひどく刺激が強い。

「あんたの言う通り、騙されても子爵に借金はなかった。なのにあの人は自ら作っちまったんだよ。自分の名前を信じて資金を提供してくれた人に申し訳ないとか言って、全員に提供額を返しやがった。蓄《たくわ》えを全部出して、家の中にある値打ちモンを売っ払って、会社も売って、それでも足りないぶんは俺から借りてよ。ご丁寧《ていねい》に、雇えなくなった使用人たちには新しい奉公先まで紹介してやってんだから人が好いにもほどがあらぁな。……誰一人、困っているあの人を助けてくれやしねえのによ」

　苦虫を噛み潰《つぶ》したような顔で、村上はため息混じりに煙を吐く。

「……だからあなたは、子爵を助けてあげているんですか？」

「ああ？」

「晩御飯、かなり頻繁にご馳走《ちそう》してあげているんですよね？　子爵は煙草を嗜《たしな》まれないみたいなのに灰皿が置いてあって、不思議に思っていたんです」

器用に村上が片眉を上げた。にやりと不敵な笑みを見せる。

「あの子爵の血縁者にしちゃあ、洞察力《どうさつりょく》があるじゃねえの。そうだよ。駒子があの人をやたらと気に入っているっつーのもあるが、俺自身も子爵には同情してるんだぜ。あんな人が一人くらいいいねえと、救いがねえだろ」

「救い……ですか？」

「ああ、世の中捨てたモンじゃねえっていう救いだ」

唇を曲げるようにして笑った村上が、煙草をギュッと揉《も》み消す。

「あの人、本当に誰にでもやさしんだよ。……ウチの駒子まで助けるくらいな」

困っている子どもがいれば、年長者として手を差し伸べるのは普通のことではないのだろうか。

戸惑う六花に、村上は苦笑しながら話してくれた。……彼がその筋の人であることも確信させられる内容を。

「ウチが余所《よそ》の三下《さんした》とちぃと揉めて、そいつが街中《まちなか》で駒子を拐《かどわ》かそうとしたことがあったんだよ。まァあのお転婆《てんば》のことだから大声で叫んで、暴れて、逃げ回ったんだけどよ、大人相手じゃ勝ち目は少ねぇわな。さすがの駒子もこりゃやばいと周りに助けを求めてみたが、ヤクザもんに関わりたい物好きなんざいねえ。みんな見て見ぬふり、そそくさと背を向けやがる」

「そんな……！」

駒子自身はまだほんの小さな子どもなのに。それなのに家が普通でないというだけで目に見えない厚い壁が彼女を囲い込み、周りと断絶されてしまうなんて。

幼い少女の絶望感を思って胸を痛ませる六花に、村上はその後の顚末《てんまつ》を語る。

「そこに通りかかったのがあんたの叔父、堀川子爵だ。あの人は駒子がウチのガキだってことも、追い回してる阿呆《あほ》が堅気じゃねえことも知ってた。それでもすぐに駒子を馬車に乗っけて逃げてくれたんだよ。で、俺にとっちゃぁあの人は娘の恩人、駒子にしてみりゃ愛《いと》しの我《わ》が君《きみ》になったってわけだ。……ああ、ちなみにその三下にはきっちり落とし前つけさせといたから心配はいらないぜ」

ニヤリと笑っての落とし前がどんなものだったのか、聞く勇気はない。

「とにかく、そんときの馬車ん中で駒子は自分のような家の人間を助けてくれてありがとうと礼を言った。そうしたらあの子爵サマは何と言ったと思う？」

いきなりそう聞かれても、特に変わったことなど思いつかない。

「気にするな、とかですか……？」

「いや、怒ったんだよ。駒子じゃなくて、周りのヤツらについて。誰も生まれてくる家も体も選べないのに、そんなものに左右されるなんておかしいってよ。自分こそ華族のくせに、大胆なこと言うよなぁ、あの子爵サマは」

くくっと喉で笑う。どこか呆《あき》れたように、そしてどこか痛むように。

「……ウチみたいなのは周りから怖がられてなんぼだし、堅気のヤツらにとっては馴染《なじ》めねえのは仕方ねえんだけどよ、駒子はまだガキだからたまにキツいみてえなんだわ。だから無条件に避けられたり怖がられたりされてても自分のせいじゃねえって言われて、すげえ嬉しかったんだと」

一旦言葉を途切れさせた彼は、苦笑混じりの目を六花に向けた。

「こんなこと言っても、アンタには子爵がどんだけ貴重な人かなんてわかんねえか。混血でもそんな顔してりゃ嫌な思いもしなかったろうし」

「いえ、わかります！」

むしろわかりすぎるくらいだ。

今でこそこの顔を妙に珍重がってもらっているが、少し前まではひたすら気味悪がられていたのだから。

真顔での即答に、険しい口許がわずかにゆがむ。……微笑したように見えなくもない。

「じゃあ、助けてやるべきだと思うよなあ？　どんな手を使っても」

やさしげな声音《こわね》と言い方に嫌なひっかかりを感じ取って、とっさに警戒する。

「僕にできるだけのことは、して差し上げたいですけど……」

「あんたにしかできねえことだ。伊勢屋さんに、借金の肩代わりを頼んでやってくれりゃあいい」

……やっぱり。

子爵を助けたいのは本心だけれど、桐一郎に迷惑をかけるのだけはなんと言われても絶対に嫌だ。たとえ目の前の大男がその筋の人でも、頷かないと暴力をふるわれるとしても関係ない。自分のせいで彼にまで火の粉《こ》がかかるくらいなら、殴られた方がずっとましだ。

だからびくびくしながらも、首を横に振った。

頑《かたく》なな態度に今度こそ怒声《どせい》を浴びせられるかと思ったけれど、村上は落ち着いていた。ただ心底つらそうに深いため息をつく。

「……あんたが助けてくれねえんなら、俺にはもうどうしようもねえ。実を言うと、あの馬鹿みてえな人の好さは駒子の母親だった女にそっくりでよ……、やさしすぎる人間は自分を責めて、時には死を選んだりしやがるから心配だったんだが……」

ほとんど聞き取れないほど低く呟かれた不穏な内容に、ドキリと心臓が冷えた。

「……会社、売っちまってるしなぁ……。責任感強《つえ》え人だし……ちょっと、なぁ……」

本気で心配しているらしいため息混じりの呟きには、強引に言われる以上に心を揺らされる。

もしこのまま借金を返すことができなければ、子爵も自ら命を絶たざるをえない事態になるかもしれない。会社も売ったということはこれ以上返す手立てがないということだから、責任感の強い人ならそれが苦になるだろうことは想像できる。そして子爵は、自分の財産を失ってまで本来ならしなくてもすむ弁償をした人だ。

伊勢屋の莫大な売上を知っているだけに、心が揺れた。思わず頷いてしまいそうなくらいにぐらぐらと揺れたけれど、六花は唇を噛んでなんとか首を横に振る。

「返す当てもない借金を、伊勢屋さんに肩代わりしていただくわけにはいきません……！僕も働きますから、返済を待ってもらえませんか？」

言えば、鋭い舌打ちが聞こえた。さっきの陰のある表情とは打って変わった村上の様子に、ぱちぱちと目を瞬く。

「ったく、融通《ゆうずう》のきかなさは子爵と一緒かよ。せっかくお涙頂戴《ちょうだい》の話もしてやったのによ」

「ていうか、駒子の母ちゃんしんでないしね」

突然の子どもの声にドアの方を見れば、黒っぽい服のむくつけき男共に大量の食材を持たせた駒子が立っていた。六花と目が合うと、にっと笑う。

「ルカちゃん、てごわいねえ。まあシシャクは駒子がめんどうみてあげるから、しゃっきんかえせなくてもかまわないんだけど」

「構わねえわけねえだろ。てめえの口利きがありゃぁ借金棒引きになるなんて噂が立ちゃあ、どんだけ狙われるようになるかわかってんのか。鐚《びた》一文まけてやらねえでキッチリ取り立ててやるから、邪魔すんじゃねえぞ、駒子」

「父ちゃんケチくせぇ〜」

傷のある頰を引きつらせた村上は、駒子を手招きして呼び寄せると頭にゴツンと拳骨《げんこつ》を食らわせた。明らかに手加減してあっても相当痛かったらしく、駒子は涙目で父親を睨む。

「父ちゃんのバカ！　ハゲちゃぇ！」

「禿《は》げねえよ！　ったく、人の気も知らねえで……」

村上がため息をついてしまうのも無理はないだろう。かつて実際に拐《かどわ》かしに遭《あ》いかけた娘を守ろうとしているのに、こんなことを言われてはやりきれない。

まさしく親の心知らずなじゃじゃ馬娘、駒子がふくれっつらの涙目できょろりと室内を見回して、首をかしげた。

「シシャクは？」

そういえばお茶を淹《い》れてくると言って出て行ったきりだ。

村上が舌打ちした。無言で立ち上がると、部屋を出て勝手に屋敷の奥に向かう。

どこまでが本当の話かはわからないが、ついさっき子爵が自殺するかもという不安を与えられたばかりだ。六花も慌てて駒子たちと共にあとを追う。

屋敷の奥に進むに連れて、薔薇の香りが濃厚になってきた。独特の匂いに耐えきれずに六花は口許を手で覆う。

この匂いは駄目だ、この匂いは……痛い。

頭の中がグラグラしてもう無理だ、と思ったところで、どうやら香りの発生源であるらしい突き当たりのドアを村上が勢いよく開けた。

バンと大きな音がたって、中にいた人物が驚いたように飛び上がって顔を上げる。六花の頭のグラグラも、驚いたせいかどこかへ行ってしまった。

「あれ、村上さん……に、みんなも……？」

火にかけた鍋の前で、椅子《いす》に座っている子爵がたった今目が覚めたような顔をして眼鏡をずり上げた。その手には分厚い本、読みかけのところを指すように指が置いてある。

「……あんた、茶ぁ淹れに来たんじゃなかったのかよ？」

鍋を火から退《ど》けながら村上が呆れ返った皮肉っぽい口調で言うと、子爵はようやく我に返ったらしく困ったような笑みを浮かべた。

「いやあ、それが、薔薇のジャムが残り少なくてね。駒子ちゃんも気に入ってくれているし、少し作っておこうと煮始めたら暇になってしまって、それで本を読み始めたら……」

「時間を忘れたんだろ。ったく、その癖直さねえとそのうち火事になんぞ」

「うん、心配してもらってすまないねえ」

子爵は本を読み出すと没入するタイプらしい。

照れくさそうに笑う彼の気持ちがよくわかって、六花は思わず微笑《ほほえ》んでしまった。しかし、自分も時折桐一郎に「まだ寝ないのかい？」と呼び戻してもらっていたことを思い出した途端、胸が痛んで笑っていられなくなる。

ぴょん、と六花の背後から駒子が顔をのぞかせた。長ネギを片手に主張する。

「シシャク、ごはんたべよ～！　きょうは駒子がおいしいものつくってあげる！」

「それは楽しみだな。何を作ってくれるの？」

「それはできてのおたのしみ」

ふふふ～、と笑った駒子は、お付きの者たち以外を台所の外に追いやってしまった。


約半時間後、洋風の優雅な丸テーブルにドンと載せられたのは牛鍋ことすきやきだった。ほとんどの家具は売ってしまったらしく、食事をするのも最初に案内された応接室だ。

「へぇえ、すきやきって家庭でもできるんだねえ」

平たい鍋がなかったのか大きな寸胴鍋《ずんどうなべ》でぐつぐつと煮えているすきやきを前に、子爵は嬉しそうに目を輝かせている。他には白米のみという豪快な食卓だが気にならないらしい。

「今までご自宅ですきやきはなさらなかったですか？」

あまりにも珍しそうにしているので聞いてみれば、すきやきには似合わないリモージュの優美な小鉢に卵を割り入れながら子爵は悲しげに目を伏せた。

「うん。こういうのは大人数が楽しいけど、兄が亡くなって……ルカが行方不明になったあと、私は母と二人きりだったしねえ。それに母は、ちょっと神経質なところのある人だったから……」

子爵の母といえば、六花の祖母にあたる人だ。薔薇を愛していたらしい彼女のことはまったく記憶にないが、家族でも同じ鍋をつつくのが嫌だなんてさすがに華族の人だと思う。

駒子とお付きの者たちお手製のすきやきは美味しかったのに、六花は食欲がなくてほとんど食べられなかった。いろいろと困惑することが多すぎて気が紛《まぎ》れていたからここまでもったものの、万全でない体はそろそろ限界のようだ。全身がだるく、頭もぼんやりしてきている。

村上父娘《おやこ》を見送った後、六花の顔色に気付いた子爵が慌てだした。

「ルカ、具合が悪かったんだよね……！　早く休んだ方がいい！　私の部屋以外だと母の部屋くらいしかちゃんとした家具が残っていないんだけど……、大丈夫かな？」

気遣わしげに聞かれて、六花はこくりと頷く。この際眠れるならどこでもいい気分だ。

お風呂を借りたあと、子爵の母、すなわち六花の祖母の部屋だったという二階の広い洋室に案内された。

ドアを開けた瞬間、今まで以上に濃い薔薇の香りに襲われて噎《む》せてしまう。小さく咳きこんでいると、子爵の手が背中に伸びた。

ぞわっと一気に血の気が引いて、彼から飛びのく。考えるよりも先に壁に身を付けて体を小さく丸め、ガクガクと震える手で六花は頭を抱えていた。

何が怖いのかわからない。でも、体が勝手に恐怖に押し潰されている。

「ルカ……！　やっぱり、私の部屋にするかい？」

「い、いえ……。大丈夫、です……」

手を伸ばせばさらに怯《おび》えさせることがわかっているのか、子爵はつらそうな顔をしながらもあえて手を差し出してこない。それにほっとしつつ、六花は子爵を安心させるようにぎこちない笑みを浮かべて見せた。

どうやらこの薔薇の香りが妙な恐怖心を引き起こす一因のようなのだけれど、この屋敷内はどこに行ってもどうせ薔薇の香りがする。だったら親切にしてくれている子爵の部屋を奪ったりしないで、おとなしく顔も覚えていない祖母の部屋を借りて眠った方がいい。

「おやすみなさい、子爵……」

ふらふらと立ち上がってドアに手をかけて告げれば、子爵はまだ心配そうな顔をしながらも頷いた。

「おやすみ、ルカ。……いい夢を」

カチャリと、音をたてて扉が閉まった。

（……雪が、降っているのかな……）

部屋の隅で、ほんのりと薔薇の香りがする布団に膝《ひざ》を抱えてくるまったまま、六花は冴《さ》えた目を闇に向けている。

雪が降っている気がするのは、月明かりがないからだ。月明かりがないから、室内は深い闇に閉ざされている。じっと目を凝《こ》らしていると薄ぼんやりと白っぽい家具の輪郭が見えてくるけれど、それもそのうち曖昧《あいまい》になって、目を開けているのか閉じているのかわからなくなってしまう。

はっきりわかるのは、薔薇の香りだけ。

頭から布団をかぶったまま、六花は一層きつく自分の膝を抱え、部屋の隅で身を小さくした。誰にも見つからないように、悪いことが起きないように、息をひそめる。

しんしんと、雪の降っている音が聞こえる気がした。

冷える。鼓膜から、ゆっくりと、確実に、指の先まで。

怖い。何か、よくないことが起こる。

早鐘《はやがね》を打ち出した胸に置いた手をぎゅっと握りしめた六花は、桐一郎にもらった白い帯締めのことを思い出した。寝間着の胸元に入れておいたそれを震える手で取り出して、祈るように額をすり寄せる。

大丈夫、大丈夫……。

この紐《ひも》を髪に結んでくれたときの桐一郎が胸に甦り、六花の心を安らがせた。だからもっと強く握りしめて、彼のことだけを想う。

今頃、お店を閉めた頃だろうか。夕飯を食べているのだろうか。……言いつけを守らずに勝手に出て行った六花を、怒っているだろうか。

「……旦那様……」

小さく、小さく呟いた言葉は、闇にすうっととけてなくなった。

もう、六花の旦那様ではないのだ。彼の側にいることはできないのだから。しんと、耳の奥が冷える。

泣かなかった。泣くと、もっとひどいことが起こるから。ただ、きつくまぶたを閉じる。きつく、きつく。


女性の声が聞こえた。

何か叫んでいる。誰かが泣いている。体が痛い。顔も、頭も、背中も、あちこちが。

「この薄気味悪い疫病神が……っ！」

ピシリと、頭を抱えている腕をまた打ち据えられる。叫んでいるのは六花を打擲《ちょうちゃく》している貴婦人だ。彼女のほっそりした手が何度も振り上げられ、打ち下ろされる。

「ごめんなさい、ごめんなさい……」

とにかく呪文のように六花は謝り続ける。彼女を怒らせているのは自分だから。自分が、彼女の嫌いな気味の悪い外見をしているから。

口の中が鉄の味がするのは、きっと頬を撲《ぶ》たれときに切れてしまったのだろう。

『やめてくださいっ、もうルカをぶたないで！』

イタリア語で泣きながら訴えて庇《かば》ってくれている少女は、流れるような栗色の髪をしている。そうだ、彼女はマリア……、母親の妹だ。ルカの乳母《うば》として一緒にこの国に来た。母はこの国に来てすぐに死んでしまったけれど。

「汚《けが》らわしい、さわらないでちょうだい！」

祖母はドンとマリアを突き飛ばす。その華奢《きゃしゃ》な体のどこにそんな力があるのかわからないほどの強さで。突き飛ばされたマリアは激しく壁にぶつかって、いっそう泣きじゃくる。

ルカは泣かなかった。泣いたら、もっとひどいことが起こるのを知っているから。以前は泣かなければ「泣きもしないで」と泣くまで撲たれ、泣けば「五月蠅《うるさ》い」と言ってまた撲たれた。だから声を出さずに泣くようになった。それでもこの前、ルカが泣いたせいでマリアまで撲たれたのだ。「異人はまともな躾《しつけ》もできやしない」と責められて、あのときは机にぶつかったマリアの頭から血が出た。英二《えいじ》叔父さんが助けに入ってくれなければ、どうなっていただろう。

大好きなマリアがひどい目に遭うくらいなら、全部自分が引き受けた方がいい。

「この憎らしい、異人の疫病神！　お前さえ産まれなければ、秀一《しゅういち》はあんな外人女を嫁にはとらなかったものを……！　世間様のいい笑いものだわ！　ああ嫌だ、そんな猫のような気味の悪い目で私を見ないでちょうだい！」

執拗《しつよう》に打ち据える祖母に、再びルカはきつく瞳を閉じて謝り続ける。

ごめんなさい、ごめんなさい……こんな外見で、あなたを悲しませてごめんなさい……。

薔薇の匂いがする。祖母の大好きな、香り高い薔薇。彼女がルカを打ち据えるたびに、その香りが鼻先をよぎる。

「母さん！　何をしているんですか！」

ドアが開いて鋭い声が響き、誰かが駆け寄って来た。父親と英二叔父さんだ。今日は仕事が早く終わったらしい。父親は青ざめた顔で貴婦人の前に立ち塞《ふさ》がり、英二は泣きじゃくるマリアとぐったりしたルカを抱きしめて庇ってくれる。

肩で息をしていた祖母の顔がくしゃりと崩れ、ふいに泣き出した。その場に身を投げ出して、身も世もないようにさめざめと泣き伏す。

「どうして、どうして秀一は日本の女性を妻にしなかったの……！　こんな言葉もまともに通じない、気味の悪い異人を連れて帰ってきたの！　私《わたくし》が周りに何を言われ、どんな思いをするか、貴方《あなた》はちっとも考えてくれていない……！」

「私は妻を愛したから結婚したのだし、ルカもマリアも気味悪くなんかない！　ルカはちゃんと日本語だって話せる！　周りがルカたちを迫害するなら、祖母である貴女《あなた》は守ってやるべきだろう！」

「ああ信じられない、貴方がそんなことを言うなんて！　それもこれも、みんなあの外人女のせい！　やっぱりあのとき、留学なんてさせなければよかった……。あんな気味の悪いものを連れて帰ってくるなんて、私はどれほど笑われていることでしょう！」

「いい加減にしてください！　貴女は人の目だけを気にしている俗物だ！」

怒りに震える秀一の声を遮るように、祖母は一層大声で泣いてその仕打ちを責める。

「二人ともやめてください！　ルカもマリアさんも怯えている………」

困り果てたような英二が割って入った直後、声が遠くなった。どんどん遠くなって、消えてしまう。

耳の奥が、しんと冷える。

そしてまた、女性の声が響き始めた。叫び声、泣き声。ルカを罵《ののし》る、悲鳴のような声。

気付けば雪道を二人で走っていた。手を引いているのはマリア、また泣いている。

自分のせいだ、とルカは思う。

自分が祖母の望むような子じゃないから。自分が人に愛されるような外見をしていないから。だからマリアにまで迷惑をかけてしまう。

『もうだめ、このままあの家にいたらルカは殺されてしまうわ……！　でも、いったいどうしたらいいの……』

目を真っ赤にしたマリアが、白い息とともに途方に暮れ果てた泣き声で呟く。彼女の白い肌にはあちこちに細かい傷ができ、血が滲《にじ》んでいる。ルカを庇ったからだ。

今日の祖母はいつもよりいっそう恐ろしかった。昼過ぎに電話を受けた直後から髪を振り乱して半狂乱で泣き叫び、まるで鬼のようだった。

「お前が、お前がいるから秀一は死んだのよ！　あんな外人女の墓参りになんか行かなければ事故になんか遭わなかったのに……っ。この疫病神、疫病神！　どうして産まれてきたのよ！」

祖母は手に持っていた薔薇の束を何度も振り上げて、ルカを抱きしめて庇っているマリアごと打ち下ろした。まだ棘《とげ》の処理をしていない茎はマリアの肌を傷つけ、ルカが見ている先の床にぽつりぽつりと赤い円が落ちて模様を描く。いつもより濃い薔薇の香り、舞い散る花びら、床に広がっていく赤い模様。

ふいに、攻撃の手がやんだ。激しい息づかいが聞こえて、くるりと祖母がきびすを返す。もう許してもらえたのかとマリアと共にびくびくと顔を上げると、祖母が暖炉から鉄製の火掻《ひか》き棒を手に取っている姿が見えた。あんなもので撲たれたら、きっと骨が折れてしまう。打ち所が悪ければ死んでしまうかもしれない。

ゆっくりと、祖母が何かに取り憑《つ》かれたかのように常軌《じょうき》を逸《いっ》した目を向けたとき、マリアの喉から恐怖の悲鳴が迸《ほとばし》った。ルカを抱きしめて悲鳴をあげ続ける。彼女の腕の中で、ルカは呆然と血の繋《つな》がっているはずの祖母を見つめることしかできない。

こんなに、憎まれているなんて。謝っても許してもらえないくらい。殺してもいいと思われてしまうくらい。

「マリアさんっ、どうしたんですかっ！　ルカに何か……っ」

ものすごい勢いでドアが開いて、英二が飛び込んできた。状況を理解して息を呑む。

「母さん！　なんてことを……！」

祖母の前に飛び出して、鉄の棒を掴んだ。意味不明な叫び声をあげる婦人と激しく揉み合う。

「ルカ、マリアさん、逃げなさい……！　母は今、我を失っている！」

日本語のあまり得意でないマリアにも、逃げろという言葉は伝わった。彼女は真っ青な顔をして、ルカの手を引いて駆け出す。祖母がこの世のものとは思えない金切《かなき》り声をあげた。

「手をお離しっ、英二！　あの気味の悪い疫病神がいる限り、私たちは幸せになれないの！　あれが私たちの幸福を壊してしまうのよ！　秀一を返して、返してぇー……ッ」

悲痛な叫び声に、部屋を飛び出す間際《まぎわ》ルカは思わず振り返ってしまう。

祖母は泣いていた。ルカたちを撲《ぶ》つときでさえどこか気品に溢れていた人が、髪を振り乱して、顔をゆがめて泣きじゃくっている。ルカのせいだ。

「……お祖母様《ばあさま》、ごめんなさい……っ」

叫んで、マリアに手を引かれるまま走った。

何も持たず、牡丹雪《ぼたんゆき》の降る外へと。雪の中を、どこまでも、どこまでも。胸の中で全てに謝り続けながら。

ごめんなさい、気味が悪い猫のような目をしていて。ごめんなさい、おかしな髪の色をしていて。ごめんなさい、お祖母様の愛せるような子じゃなくて。ごめんなさい、パパ……ごめんなさい、英二叔父さん……ごめんなさい、マリア……。全ては僕が疫病神だから、みんなの幸せを壊してしまうから……僕はみんなを不幸にしてしまう。ごめんなさい、ごめんなさい、ごめんなさい………。

「………か……、六花……」

やさしく呼びかける低い声に、いやいやをするようにかぶりを振る。きつく目を閉じて、ひたすら呪文のように謝り続ける。……ごめんなさい、ごめんなさい、許してください……。

「六花、謝らなくていいんだ。お前は何も悪くないよ」

さっきよりもはっきりと耳に届いた穏やかな声に、六花はまたかぶりを振る。だけど、今度はさっきよりもゆるゆると。

手が、やさしかった。ずっと髪を撫でてくれている。ゆらゆらと、抱きしめられた体を揺らされている。薔薇ではない、胸の奥に染み入るような品のよい東洋的な香り。少しずつ落ち着いてくる。頼もしい、あたたかくて固い胸の感触。

目を開けても、真っ暗だった。月明かりもない、深い闇。

でも怖くない。彼の香りがするから。やさしい手が髪を撫でてくれているから。さっきから、ずっと。いつもみたいに。

「……六花、私と一緒に帰ろう」

低い声が、甘く囁《ささや》く。目の奥が熱くなる。きつく目を閉じて、六花は首を横に振った。

「どうして？　ここはお前にとって、つらい場所なのだろう？」

問いかける声に、甦ったばかりの悲しい記憶が胸の奥を刺す。この人と一緒に、ここを去ってしまいたかった。だけど、行けない。

「……僕は、疫病神だから……。一緒にいると、あなたを不幸にしてしまう……」

重い口を開いて呟くように告白すると、ぎゅっと強く抱きしめられた。着物に焚《た》きしめられたやさしい香りが六花を包みこんで、閉じたままの瞳からほろりと涙が溢れる。

「違うよ、六花。お前は疫病神なんかじゃない。むしろ、私にとってお前は幸《さいわ》いそのものだ」

やさしい声を否定するように、六花は首を振る。

「……信じられない？　お前がいないと、私は悲しくて不幸になってしまうと言っても？」

「そんなこと……」

「本当だよ。一生側にいてほしい。お前を愛しているって言っただろう」

甘くやさしい言葉にまたゆるくかぶりを振りながら、なんて自分に都合のいい夢なのだろうと思う。……そうだ、これは夢、彼の幻《まぼろし》なのだ。夢うつつの働きのにぶい頭で、六花はようやく理解する。

まだ消えてほしくなくて、抱きしめてくれている人の広い背中にそろりと腕を回してみた。よかった、消えない。愛する人の香りが、苦い記憶を引き起こす薔薇の香りを追いやってくれる。触覚や温度だけでなく香りまでついてくるなんて、なんて贅沢《ぜいたく》な幻だろう。

「……旦那様……、旦那様……、愛しています……」

胸の奥から溢れるままの気持ちを言葉にすれば、ふ、と頭上でやさしく笑った気配がした。くしゃりと髪を撫でてくれる。

「ああ、わかっているよ。私もお前を愛している」

「だったら……だったら苑子様と……、ううん、誰とも、結婚なんかしないでください……」

夢だと思えばこそ、こんな我儘《わがまま》が言えた。彼の胸に顔をうずめて罪深い本音を吐き出すと、おもしろがるようにくすりと彼が笑う。

「しないよ。そもそも誰とも結婚しなくてよくなるように、私は今回の企《くわだ》てを実行に移したのだから。ちゃんと話を聞くまで待っていればよかったのにねえ、六花」

くしゃくしゃと髪を撫でながら彼が言ってくれていることは、自分が作り出した幻なのによく理解できない。妙に謎掛けっぽい話し方をするところまで本物の桐一郎にそっくりだと、我ながら感心してしまう。

「言いつけを守らないで、勝手に出て行ってごめんなさい……」

無意識に彼の胸に頬をすり寄せながら謝ると、「まったく……。心配させられたよ」と六花を咎《とが》めつつもやっぱり髪を撫でてくれている。相変わらずその手はやさしい。さらさらとやさしくて、だんだん暗闇にとけてゆく。

どうしよう……、せっかく彼の夢を見ているのに、彼の手が深い眠りを誘ってしまう……。

「だめ……、まだ、消えないで……」

うとうととしながらその胸に縋《すが》りつくと、ぽんぽん、と子どもをあやすみたいに背中を軽くたたかれた。

「じゃあ、連れて帰ってもいい？」

この愛しい人の幻にならどこに連れて行かれてもいいと、耳元で囁かれた声に頷いてしまいそうになる。けれども、とろりとした意識の奥に堀川子爵の顔が浮かんだ。昔自分を守ってくれていた彼を、現在困っている叔父を、放っては行けない。

六花は緩慢《かんまん》な仕草で、首を横に振った。

「英二叔父さんが……困って、いるから……」

眠りにのみこまれそうな意識をなんとか引き留めて、懸命に言葉を発する。

「ああ、いくらか借金があるようだね。いいよ、彼は六花を虐待《ぎゃくたい》から守ってくれていたようだし、私が肩代わりしてあげる」

「……だめ……、旦那様に……ご迷惑は……。僕……、疫病神は……もう、いや……」

わずかにかぶりを振ると、短い沈黙が落ちる。相変わらずやさしい手に、もう意識が途切れそうだ。朦朧《もうろう》とした頭に、低く、答える声が届いた。

「……わかったよ。じゃあ、六花に貸してあげる。万一に備えてお前の荷物の底に入れておいた物があるから、あれを好きに使ってなんとかしてみせてごらん」

「……なに……？　僕、が……？」

「そうだよ。六花が自分で、どうすればみんなで幸せになれるか、よく考えて行動するんだ」

そんな大それたこと、できるとは思えない。けれど、眠りの闇にとらわれつつある体ではもうかぶりを振ることもできなかった。なんとか、唇から切れ切れの抗議の声を漏らす。

「……できません……。ぼくは……、気味悪い……疫病神……だか、ら……」

「違う。六花は気味悪くなんかないし、疫病神でもない。お前は美しいよ。……私の宝だ」

「……うそ……です……」

「嘘じゃない。よくお聞き、六花。体なんて着物のようなものだ。その色や型は目を奪いやすいけれど、本人そのものではないだろう？　本質でないものに囚《とら》われることはないんだ」

「……でも……」

もう声にすらならない不安を、彼はすくいとってやさしい声で六花を揺らす。

「たかだか数年の人より、十年共にいてお前をよく知っている私の方を信じなさい……。六花、お前の深い森のような緑色の瞳も、やさしい栗色の髪も私は大好きだ。本当のお前はとてもやさしくて綺麗で、みんなを幸せにしてくれるよ。だからもう、自分を悪く思うのはおやめ……」

ゆっくりと言い聞かせるように囁かれる低い声に、なぜか涙が零《こぼ》れた。胸の奥の冷たい塊《かたまり》が、彼の声で少しずつやわらかくなってゆく。だんだん、身も心も軽くなる。くしゃりと、いつものようにやさしく髪を撫でられた。唇に、軽くおまじないの気配。

「……大丈夫、六花ならできるよ」

ふわりと抱きしめられて、とろとろと夢うつつの六花はかすかに頷く。彼がそう言ってくれると、なんだか本当にできるような気がした。

「……お前が疫病神なんかじゃないと証明してみせてごらん。できるまで、待っていてあげるから……」

やさしい手が、髪を撫でてくれていた。深い眠りに意識が飲みこまれるまで、ずっと。

ぱちりと、まぶたが軽やかに開いた。

見慣れない白い天井《てんじょう》に数回まばたきを繰り返し、六花はむくりと体を起こす。

部屋に満ちている薔薇の匂い。

そうだ、ここは堀川子爵の家、今は亡き祖母の部屋に寝ていたのだ。

たくさんの夢をみたにもかかわらず目覚めはすっきり爽やか、やけに明るい気分だ。カーテン越しにやわらかい早朝の光が差しこんで、小鳥が鳴いている。

起きたのがベッドの上であることに気付いて、六花は首をかしげた。寝るときは部屋の隅っこにいたはずなのに。

不思議に思いながらベッドから下りると、どこからかふわりと品のよい東洋的な香りが漂う。どうやら着ている寝間着のせいらしかった。

（あの夢は、この移り香《が》のおかげだったんだ……）

いつも側にいたから、持ってきた物には桐一郎の香りが染みついていたのだろう。

ここで暮らすうちに、いつか消えてゆく香り……。

六花を切なくさせる香りは、不思議なことに手荷物ではなく寝間着にいちばん濃く残っていた。

「あれ……？」

いつもの和服に足袋《たび》を身に着けてから、遅まきながらも荷物の異変に六花は気付く。

……持って来ていないはずの物が、いろいろと入っている。

昨日は具合が悪くて疑問に思う余裕もなかったけれど、そういえば下着だとか手拭いだとか寝間着だとか足袋だとかを準備した覚えがまったくない。なのに入っている。しかも、よく見ればそれらは全て新品だ。

思わず、泣きそうな笑みが浮かんだ。

（……旦那様には、敵《かな》わないや）

自分が出奔《しゅっぽん》しようとしていることを知っていたのは桐一郎だけだ。おそろしく切れ者の彼のことだから、六花の不出来な荷造りに気付いて手を加えてくれたのだろう。

……やさしすぎる。こそこそ荷造りしていたのだから、不義理にも黙って出て行くことはわかっていたのだろうに。

しんみりしていると、階下から焦げ臭い匂いが漂って来た。

これはもしや……と、急いで厨房《ちゅうぼう》へ走る。

「おはようございますっ、何か焦げてないですか⁉」

村上のように勢いよくドアを開けて声をかければ、中にいた人物が飛び上がった。せわしなくまばたきしつつ眼鏡を押し上げているのは、やはり昨日と同じく片手に本を持った子爵だ。

「あ、おはよう、ルカ……。あーっ！」

子爵よりも先に、六花は手を伸ばして鍋を火からおろした。片手鍋の中身は中心部分の茶色くドロドロした部分を除いて見事に焦げ、すごい異臭を放っている。

「これ、何ですか……？」

「ポリッジ……だったものだよ。ええと、アメリカじゃオートミールっていうのかな。朝食にしようと思って煮てたら……」

「本を読んでいる間に忘れていた、と」

ため息混じりにあとを引き取ると、子爵は照れくさそうに笑っている。本当にこの叔父は、放っておくと間違いなく火事を起こしてしまうに違いない。

しかし彼は華族として召使いに傅《かしず》かれて生きてきたのだ。料理ができないのは仕方がないだろう。

鍋の中身をごみ箱に捨てながら、六花は提案してみる。

「食事の支度は僕がします。家事は慣れていらっしゃらないでしょう？」

「いや。留学中にいろいろ教えてもらったから本当はけっこう得意なんだよ。料理だって本を見れば大抵作れるし。ほら、昨日の薔薇のジャムも、これを参考に私が作ったんだ」

そう言って子爵がテーブルに置いていた料理本を掲げて見せた。アルファベットの表記に興味を惹《ひ》かれる。

「英語ですか、それともイタリア語？」

「英語だよ。私はイギリスを留学先に選んだから残念ながらイタリア語はできないんだ。でも、兄がイタリアから持ってきた本が図書室にたくさんあるよ。私も英語の本をけっこう買ってきたから、洋書はちょっと自慢できるくらいあるね」

本好きとしては目が輝いてしまう。

そういえばこの家には立派な図書室があって、昔は悲しいことがあればいつもそこでマリアに絵本を読んでもらって現実を忘れていたのだ。

新しい鍋を出そうとしていた子爵が、六花の表情に気付いてやわらかく笑った。

「ルカもやっぱり、うちの一族だねえ。本に目がないんだろう？　祖父が出版業に手を出したのも本好きが高《こう》じてだったんだよ」

「そうなんですか？　あ、その会社って……」

うっかり会社名を聞こうとして、子爵が借金のためにそれを手放したことを思い出して慌てて口をつぐみ、話題を変える。

「……英二叔父さんが本に没入しやすいのは血筋なんですね。でも火事になったら困りますから、お一人のときには火を使われない方がいいですよ」

忠告すると子爵が黙ってしまった。

言いすぎたかと不安になっていれば、彼は眼鏡の奥の目を大きく見開いて見つめてくる。

「もしかして……記憶が戻っているのかい、ルカ!?　私のことをまた英二叔父さんと呼んでくれただろう？」

焦げた鍋を持った上からがしっと手を摑まれて言われた内容に、六花もはっとした。

そういえば、さらりと口から「英二叔父さん」という呼びかけが出てきたし、彼の若いころの顔が想像できる。さっきだって二階から厨房へと迷わずに来ることができた。昨夜の夢をきっかけに、記憶が戻ってきているのだ……！　それは、幸せな記憶ではなかったけれど。

「そう……みたいです。子どもだったせいか曖昧なところも多いですけど、なんとなく……お祖母様やパパ、マリアの顔が思い出せます」

「……そうか、母のことも思い出してしまったんだね。昨夜、きみが苦しそうに叫んでいる声が聞こえて、もしやと思ったんだ」

「え……、叫んでました⁉　うるさくしてすみません……！」

いつの間にか叫んでいたなんて自分ではまったく気付いていなかった。もしかしたらベッドに運んでくれたのは子爵だったのだろうかと恐縮して謝る。

「いや、あんまりつらそうだから心配だったよ。私が声をかけても全然駄目だったのだけれど、伊勢屋の旦那さんに抱きしめられるときみは落ち着いてね……。あちらで、随分大切に可愛がってもらったのだろうね」

柔和に目を細めた彼がさらりと言った内容に絶句する。

伊勢屋の旦那さん……、つまり、桐一郎のことだ！　昨夜の夢はまさか本当だったとでもいうのだろうか。

「旦……伊勢屋のご主人が、ここに来られていたのですか⁉」

勢いこんで聞けば、あっさりと頷かれた。

「うん。お店を閉めてからだったらしいから、けっこう遅い時間にね。ルカを迎えに来たけれど、きみがまだ帰りたくないと言うからしばらくお願いしますと丁寧に頼まれたよ。身内の僕がきみの面倒をみるのは当たり前なのに、いい人だねえ」

にこにこと子爵は言っているけれど、呆然とした頷きを返すことしかできない。

昨日の桐一郎が夢じゃなかったなんて。勝手に出奔した六花に、あんなに甘い、やさしい言葉をかけてくれたのが本物だったなんて、絶対に信じられない。

でも、あれがもし本当に本物だとしたら……。

再度朝食の支度を始めた子爵を置いて、六花は二階へと駆け戻る。ベッドの上に、風呂敷の中身を全てあけてみた。

入っていた……、彼の言葉通りに、底に濃い紫色の袱紗《ふくさ》に包まれた長方形の物体が。

おそるおそる開くと、中から見たこともないほど大量の紙幣《しへい》が出てきてぎょっとする。

きっちりと角を揃《そろ》えて箱形になったそれは、一体何枚の紙幣が重ねられているのだろう。

怖くて手が震える。

(これを、僕に使いなさいって……?)

震える手で、また丁寧に包み直しながら昨夜の桐一郎の言葉をなんとか正確に思い出そうとする。

これを貸してくれる、と言ったのだ。

好きに使っていいから、みんなで幸せになれるようにやってみろ、と。

（無理だよ……、僕は……）

風呂敷の上に手の中の重さを放り出そうとしたとき、桐一郎の最後の言葉が甦った。

彼はできると言った。六花は疫病神なんかじゃないと。そう証明してみせろと。

（……本……当、に……？）

昨夜の桐一郎が本物ならば、彼は誰とも……、苑子とも結婚しないと言ったのだ。六花を愛していると、帰りを待っているとも言ってくれた。

すうっと、胸の奥に一条の光が射《さ》す。

もし自分が堀川子爵を救うことができたら……、疫病神でないことを証明できたら、彼の元に帰ってもいい……？

実際以上に重く感じられる包みを胸に抱きしめて、その場に立ち尽くす。

階下から再び焦げ臭い匂いが漂ってきていることに気付くまで、六花はその場に立ち尽くしていた。

【7】

応接用のソファに堀川子爵と並んで、六花は緊張気味に座っていた。丸いテーブルの向こうには脚を組んでどっかりと腰を下ろしている村上、分厚い封筒に入った紙幣を無造作に数えている。

数え終えると、銜《くわ》え煙草のままニヤリと笑った。

「……まいど。たしかに全額、返済してもらったぜ」

封筒を懐に仕舞って、領収証に判を押して寄越す。風体《ふうてい》のわりに仕事ぶりは真《ま》っ当《とう》だ。桐一郎のお金ではあるけれど、ひとまず完済したことにほっとして六花の肩から力が抜ける。子爵も同様だ。

ふーっと紫煙を吐いてから、村上が煙草を揉み消した。

「やればできんじゃねえか。……で、これからどうすんだ?」

きょとん、と首をかしげる堀川子爵に、彼は濃い眉をひそめる。

「あんた、会社売っ払っちまっただろ。生きていくには金が必要なのはわかってるよな?

どうやって稼ぐ気か聞いてんだよ」

「ああ、私たちのこれからを心配してくれているのか！　ありがとう、村上さん」

にっこりとお礼を言われた村上は不愉快そうに唇を曲げ、新しい煙草を取り出してへの字になった口に銜《くわ》えた。

「駒子が気にしているからな。で、何か予定あんのか？　ないんだったら……」

「それがねえ、ルカがいい案を出してくれたんだ」

何か言いかけていたのを子爵は嬉しそうに遮ってしまった。天真爛漫《てんしんらんまん》に傍若無人《ぼうじゃくぶじん》な叔父に、六花の方がドキドキしてしまう。

幸い村上は怒らなかった。器用に片眉を上げる。

「ああ？」

「うちで、図書喫茶をやろうと思うんだ！」

目を輝かせての報告に、鋭い瞳が胡乱《うろん》な視線を返した。

「……何だ、そりゃあ？」

図書喫茶は、六花が提案した事業だった。

あの朝……、夢だと思っていた桐一郎が本物だったことを知った六花は、愛しい人の言葉を信じることにした。彼の婚約者であるやさしい苑子のことや、自分が彼を不幸にするのではないかという不安は変わらずに心にわだかまっているけれど、とにかく彼を信じて言う通りにしてみようと決めたのだ。

だからまずは、彼からの課題について懸命に考えた。

「みんなで幸せになる」ために必要なこと、そのひとつは子爵の借金を返すことであり、もうひとつは返済に使った額をきちんと桐一郎に返すことだろう。

子爵の借金を返すことは容易《たやす》い。桐一郎が貸してくれたお金があるから。けれど、使ったぶんを返済するのは困難だ。桐一郎が持たせてくれた額は借金を返済しても六花と子爵が楽に半年近く暮らせるくらいあったけれど、会社を買い戻せるほどではなかったから。

稼ぐ手段がなければ借りた金を返せない。ならば何か稼げる事業を始めるしかないと、少ない元手で始められる商売がないか六花は頭を捻《ひね》った。

桐一郎の理念「他人と違う部分こそが商売の利になる」を思い出して、「うちにあって、他には無い物」……それを探し求めた結果、子爵に案内された図書室で出会えた。

本だ。

代々本好きが集めてきただけあって、種類どころか和洋も問わずに書架いっぱいに並び、床にまで溢れている。借金のかたに美術品や家具を売り払った子爵も、本だけは手放すことができなかったらしい。

「これで、商売をしてみましょう」

六花の提案に、子爵は不思議そうな顔をした。

「図書館に行けば好きなだけ読めるのに、わざわざお金を払う人なんていないと思うよ」

「図書館にはない価値を付けるんです」

図書館では飲食が禁止されている。そこを狙うのだ。

喫茶室として開放したサンルームで、紅茶とお菓子を供してゆっくり本を読んでもらう。

それが六花の思いついた『図書喫茶』だ。

「へえ……！　サンルームからは裏庭が見えるから、時期になればお花見のお客さんも来そうだねえ」

乗り気になってきた叔父に、六花は経営方針を打ち明ける。

「外国の方も積極的に受け入れましょう」

異国めいた外見で気軽に入れる店が少ないことは身を以《もっ》て知っている。

幸いここは高級住宅地、華族も多く住んでいる。ならば外国からの賓客も多いだろうし、外国語の本が多い子爵の図書室は喜ばれるだろう。

「僕の見た目だと外国の方も話しかけやすいでしょうし」

好きではない自分の外見だが、これで客寄せができるなら使わない手はない。利用できるものは全て利用して、早く稼げるようになりたかった。

出会って以来初めて気弱でない姿を見せる六花に、子爵が眼鏡の奥の目を丸くする。

「ルカ、やる気だね……！　いつから始めようか？」

「一週間後に」

即答して、そのための細かい予定もすらすらと伝える。やさしくも頼りない叔父のぶんも自分がしっかりしようと、綿密に計画を立てたのだ。

ふむふむと聞いていた子爵が、ふと首をかしげた。

「そういえばルカ、年末年始はどうしよう？」

十二月も残りわずか、すでにしっかりと年の暮れだ。六花の計画では年越しも正月も働きづめになってしまう。

しかし図書喫茶を開業するのが遅くなればなるほど、桐一郎に会える日が遠くなるのだ。きちんと叔父の今後の見通しが立って、借りたお金を全額揃えられたら彼の元に帰れるかもしれないのに。

だから、にっこり笑って答えてあげた。

「贅沢《ぜいたく》は全然できない状況ですけど、年越し蕎麦《そば》とお雑煮《ぞうに》は準備させていただきます」

「……うん……、そうだよね……。私も頑張って働くよ……」

少し引きつった笑みを浮かべた子爵は、六花の希望通りの返事をしてくれたのだった。

新年に入って営業を始めた図書喫茶は、予想以上の好評を博していた。

「ルカちゃ〜ん、まどぎわ右のおきゃくさん、ついかりょうきんでおちゃふたつ〜」

「はーい」

赤いワンピースに白いエプロンを身に着けて手伝ってくれている駒子の声に応《こた》えて、六花は子爵のいる厨房へ急ぐ。床を蹴る足許からカツカツと革靴《かわぐつ》の音が響いた。

図書喫茶で給仕をするに当たって、六花はリボンタイ付きのシャツ、膝丈《ひざたけ》のズボンに長靴下、それにベストという洋装になった。その方がより異国人らしく見えるし、叔父の子どもの頃のお古《ふる》がいい状態で残っていたから元手もかかっていない。この服を身に着けると、自分は『ルカ』なのだという気分になった。

図書喫茶を訪《おとず》れる客は、なんと半数以上が外国人だった。

開業してすぐはそうそうお客もないだろうという六花の悲観的な予想に反して、初日から子爵の友人・知人がやって来てくれた。そのほとんどは身分の高い人たち、外国からの賓客も多い。読み通りに彼らは洋書の多い子爵の蔵書を喜び、特に夫に付いてきて暇を持て余している婦人やその子どもたちはじきに常連になってくれた。

サンルームを出る直前、出入口近くで読書中の貴婦人に呼ばれて六花は足を止める。

『すみません、もう一杯お茶をいただけるかしら』

英語で話しかけられてももう慣れたものだ。にこりと笑って頷いた。

『はい、マダム。少々お待ちくださいませ』

『あらまあ！　あなたはなんて美しいのかしら。まるで生けるアドニスね！』

『ありがとうございます』

いきなりギリシア神話の美少年のようだなんて大仰な褒め言葉をもらっても、慣れない頃のようにいちいち戸惑って口ごもったりはしない。さらりと笑顔でお礼を言える。

もちろん大袈裟《おおげさ》に褒める習慣があるらしい人々の言葉を真に受けてはいないけれど、それでも自分が思っていたほどには悪い外見ではないのかな、と思えるようになった。

ここで働くうちに、桐一郎の言っていたことがだんだんわかってきたから。

外見が着物のようなものならば、今までの自分は黒い第一礼装の中に一人だけ振袖《ふりそで》でいたようなものだった。けれど今は振袖の人……、髪の色も瞳の色も華やかな人がたくさんいる。

異質でなくなって見る世界は、何か違った。

「英二叔父さん、お茶を三つお願いします」

開け放ってある厨房のドアからのぞきこむようにして声をかけた直後、六花はそのまま固まった。

……子爵がなぜか、厨房の真ん中で見知らぬ人々に囲まれている。高齢の婦人、若い娘、その父親くらいに見える中年の男。

見知らぬ三人もぎょっとした顔で固まっているが、それはたぶん六花の外見のせいだろう。

一時《いっとき》の沈黙を破ったのは、子爵の少し困ったような、けれどもどこか嬉しそうな声だった。

「どうしよう、ルカ。みんな、うちに帰ってきたいって言ってくれているんだけど……」

「帰ってって……、もともとこちらで働いていた方たちですか？」

問えば、言葉が通じることにほっとした様子でいちばん年嵩《としかさ》の婦人が頷く。

「左様《さよう》でございます。私とこの娘は女中を、そこの男は料理人をしておりました。英二様が喫茶店を開業したとお聞きしまして、是非《ぜひ》また雇って頂きたいと馳《は》せ参じたのです」

きびきびと答える彼女に迷いはない。本当に子爵を慕って来たのだろう。

（たしかに猫の手も借りたいくらいだけど……）

正式に人を雇うにはお金がかかるから悩んでしまう。「ダンナさまを助けるのはツマのやくめ！」と、自ら手伝いを志願してくれている駒子のようにはいかないのだ。

視線を感じて目を上げれば、子爵が明らかに「みんなの希望を叶《かな》えてあげたい」と思っている顔で六花の方を見ていた。どうやら図書喫茶に関しては決定権を丸ごと委《ゆだ》ねるつもりらしい。

（……どうしよう……。でも、みんなの希望、すなわちみんなが幸せになるように考えるのが旦那様からの課題なわけだし……！）

考えた結果、ひとまず前置きをしてみた。

「あまり、お給料は出せないですけど……」

「かまいません。ご負担にならないように一度は出て行きましたけれど、やはり私共は英二様にお仕えしたいのでございます」

老婦人の即答に心が決まった。

短い目で見れば彼らを雇うのは金銭的に楽ではない。しかし長い目で見れば子爵のためにもいいことだろう。

厨房を預けられる人がいれば、子爵には彼の特技……英語と本の知識を活《い》かした仕事をしてもらえるし、しっかりした人に任せられれば六花も安心して桐一郎の元に帰れる。

「それでは、閉店後に詳しいお話をしましょう。今はお引き取りいただいても……、なんだったらお手伝いしていただいてもいいですよ？　英二叔父さん、早くお茶を」

わざと急かすように言ってみれば、子爵にお茶淹れなどさせてなるものかとばかりに老婦人が素早く茶缶を取り上げた。

「もちろん、お手伝いいたしますとも！」

慣れた手つきで紅茶の準備をしてくれる。

若い娘と中年男性も積極的に手伝う意欲を見せてくれて、これは頼もしい助っ人《すけと》になりそうだと六花は内心にっこりしたのだった。

厨房や雑事を任せられる優秀な人員を得て、図書喫茶の営業はますます好調になった。

サンルームの隣の部屋まで開放しても席が足りなくなることがしょっちゅうで、一月中に二階の一部も店舗にするという案を真剣に検討しているくらいだ。

しかし売上を算出し終えた六花は、帳簿を前に浮かない顔でため息をついてしまう。うっかり出た重たい吐息は、暖炉で薪《まき》が爆《は》ぜるパチパチという音には紛れてくれなかった。

「ルカ、どうしたんだい？　もしかして赤字続きだとか……？」

英語で書かれた料理本を広げ、厨房担当のためにレシピを日本語に訳していた子爵が手を止めて心配そうに顔を上げる。六花は慌てて首を横に振った。

「いいえ……！　赤字どころか、営業を始めたばかりでこれだけの黒字なんて自慢できるくらいです」

それは事実だけれど、ため息の原因が売上であることも事実だ。

少ない元手で、しかも約半月でこれだけの黒字を出せたのは本当に奇跡的なことだと六花自身もわかっている。けれど、先のことを思うとどうしても少なすぎるのだ。

桐一郎に借りたお金を補塡《ほてん》するのにいったい何カ月……、いや、何年かかることだろう。

（図書喫茶だけじゃ、やっぱり限界があるなあ）

何か新たな手段を考案しなくては。でも、いったい何を？

くしゃくしゃと自分の髪を搔き混ぜながら眉を寄せてしまう。

たくさん稼げないと、いつまでたっても桐一郎に会いに行けない。彼に会えないのは想像以上につらかった。

離れても生きていけるなんて思ったのは間違いだったと今なら断言できる。たしかに日々は過ぎていくけれど、生きている喜びがない。

日を追うごとに彼のことが恋しくて、寂しくて、会いたくて仕方がなくなっていく。だからこそ会いに行けなかった。

もし今会ったら、きっとまた彼に頼りたくなってしまうから。それではいけない。

彼の側に置いてもらうためには、課題をちゃんとやり遂げなくては。

「シシャク～、こんどはこの本、よめるようにして～」

本を図書室に返しに行っていた駒子が、新しい絵本を手に戻ってきた。華やかなイラストの表紙にアルファベットの題字が並ぶそれは、洋書の絵本だ。

「いいよ」と気易《きやす》く本を受け取った子爵が、困ったように眉を下げる。

「ごめん、駒子ちゃん。これ、私には訳せないよ」

「どうしてえ？　エイゴでしょ？」

「いや、イタリア語みたいだ。ルカ、忙しいと思うけど頼んでもいいかな？」

ため息をついて深刻そうにしていたせいか遠慮がちに本を差し出され、六花は慌てて唇に笑みをのせて受け取った。

たしかにそれはイタリア語の本、しかも、以前桐一郎にもらったのと同じピノッキオだ。こちらの方がより子ども向けなのか、薄い作りになっている。

「あ、これ、おもしろいんですよ。木の人形に命が宿《やど》って冒険するお話で……」

「人形がぼうけん？　おもしろそ〜！　ルカちゃん、はやく！　はやくよめるようにして！」

「うん、ちょっと待ってね」

はしゃぐ駒子に今度は心からの笑顔で頷いて、紙に訳を記《しる》し始める。

今までも図書喫茶に来た外国の子どもに「かぐや姫」や「浦島太郎」を口頭で訳してあげたことがあり、その子たちもとても喜んでくれた。自分が間に立つことで、言葉という壁を越えて本の世界を楽しんでもらえることが素直に嬉しい。

原書の楽しさが伝わるように言葉を選んで絵本を訳していると、女中に案内されて村上がやってきた。駒子を迎えに来たのだ。

子爵に勧められるがままいつものソファにどさりと腰を下ろした父親に、駒子が訳したてほやほやの六花の原稿を持って行って読めとねだる。

「ったく、絵がなけりゃ絵本じゃねえだろうがよ……」

「だってすごいおもしろそうなんだもん。はやくよんで、父ちゃん！」

急かされて、村上は面倒臭そうに煙草に火を点《つ》けながらも駒子を膝に抱き上げる。迫力ある渋い声はそのままに、いたずらっこで嘘つきな木の人形の冒険を読み始めた。

なかなかうまい。ドスのきいた女神の声には噴き出しそうになってしまったけれど、必死でこらえて六花は先を訳してゆく。

「……へえ、なかなかおもしろえな」

最後の一枚を読み終えた村上に思いがけず褒められて、六花はにっこりした。駒子も満足げだ。嬉しそうに頬を染めて父親の膝から飛び降りるなり、子爵の元へ走って行ってピノッキオについての話を始める。

最初に火を点けた一本は早々にガラスの灰皿に捨ててしまった村上が、ようやく二本目に火を点けながら考え込むような視線を向けてきた。彼の瞳は相変わらず鋭くて、見た目よりずっといい人だとわかっていても少し怖い。

「これ、何かに使う予定なのか？」

「え……？　いえ、べつに……」

「勿体《もったい》ねえな。……ウチで本にしてやろうか」

ゆっくりと煙を吐き出しながら予想外の提案をされ、六花はきょとんと目を瞬く。

「村上さんのところって……？」

「元子爵の会社、出版社と印刷所があんだよ。ウチが買い取ったからな」

「そうなんですか……!?」

村上は金貸しだけでなく、買収した企業も利用していろいろと手広くやっているのかもしれない。しかし絵本なんて爪《つめ》の先ほども興味なさそうなのに……と不思議に思っていると、彼がニヤリと片頬で笑った。やはりその悪人顔にはとても絵本なんて似合わない。

「俺ぁ商売には鼻が利《き》くんだ。政府が西洋化を馬鹿みてえに推進している今、ガキに外国の文化だの思想だのを馴染ませるのに格好の教材だっつって売り込めば大金に化ける。あんたの訳は妙なところがねえし、かなり受けると思うぜ」

「それは……、ありがとうございます」

理由はともかく、自分が訳すことで本の世界を楽しんでもらえると嬉しい。それでつい逆も可能なのか聞きたくなった。イタリアの話を日本語に訳すだけでなく、日本の話もイタリア語に訳せないか。

目を細めて少し考えこんだ村上は、最終的に頷いた。

「英語版の方が需要が大きいだろうが、なくはねえな……。イタリア語をうまく訳せる人間自体、今んとこそういねえし。よし、あんたと子爵がウチの専属翻訳家になるっつーんなら、それも有《あ》りだ」

さりげなく子爵の英語力も取り込む案を出してきた。さすが、商売の中でも生臭い金銭関係の仕事をしているだけある。一筋縄ではいかない。

しかしこう見えても六花だって凄腕《すごうで》の経営者に十年以上仕えていたのだ。何も交渉せずに諾々《だくだく》と言いなりになったりはしない。

ごくりと唾《つば》を飲んで、口を開いた。

「専属ってことは……、それなりの契約料とかいただけるんでしょうか？　翻訳料や出版にかかる費用と売上等についてもお話ししておいた方がいいですよね？」

「……急に細かくなったな。おし、ちィと話し合おうじゃねえか」

目つきにびくりとしながらも、なんとか視線をそらさずに頷く。

ここでは誰かの背中に隠れるわけにはいかないのだ。やり甲斐のある仕事内容、それから叔父と自分の将来のためにも、自分でしっかりと交渉しなくては。

しかし六花の気合に反するほどあっけなく、村上は好条件を出してくれた。

おかげで目標額に一気に近づき、六花が去ったあとに万一図書喫茶がうまくいかなくなったとしても子爵の生活の心配がいらなくなったくらいだ。

あまりの好条件にドキドキして、お礼を言う声にも熱がこもる。

「村上さん、ありがとうございます……！　あの、あとで問題が起こらないように書面に明記してもらっていいですか？」

「……あんた、おとなしいふりして実はちゃっかりしてんじゃねえか」

苦笑しながらも、村上は翌日にはきちんと書類を作ってくれたのだった。

それからはこれまで以上に働いた。

朝早くから図書喫茶の準備をし、日中は笑顔で接客、閉店後には図書室の本のチェックと掃除、それからいちばんしっかり者で年嵩の女中に教えながら経理の仕事、その後は翌日の菓子類の仕込みを手伝って、ようやく夜中に絵本の翻訳を進める。

目を開けていられなくなるまで作業を続けて毎日倒れるようにして眠りにつくせいか、もう雪の夜でも気付かない。

それにもし怖い夢を見ても、堀川邸に来た最初の夜のように桐一郎が夢の中で抱きしめてくれるから平気だ。

夢だとわかっていても彼に会えるのが嬉しくて、怖い夢さえ待ち遠しいくらいだった。


二月に入ったある日、思わぬ来客があった。

「よ、六花。黙って出て行っちゃうなんて水くさいじゃん」

久しぶりに袴《はかま》姿の人を見たせいか、不思議な感じがして何度かまばたきをする。

しかし見間違いではない。洋風の屋敷にも気後《きおく》れすることなく、いつものように屈託《くったく》のない笑みを浮かべて入ってくるのは螢《ほたる》だ。

「ルカちゃんのおともだち？　じゃあキューケイしてくる？」

キューケイ、すなわち休憩を勧めてくれる駒子はのんびり屋の子爵よりよほど気が利いている。

笑って頷き、螢を連れて応接室へ向かった。

「すげえな、この屋敷。どこもかしこも薔薇の匂い」

「あ……、そうだね。さすがにもう庭にはほとんど咲いていないけど、匂い袋とかがあちこちにあるからかな。薔薇のお菓子もここの人気商品だし」

答えながら、いまさらのように気付く。薔薇の匂いは苦手だったはずなのに、いつの間にか気にならなくなっていた。

そういえば……と、螢にお茶を用意してやりながら自分の変化に思い当たる。

突然誰かが手を上げたり、子爵の背後から祖母を思わせる女性が姿を現したりすると今でもびくっとしてしまうことはあるものの、以前のようにわけがわからないほどの恐怖を感じることはもうない。記憶を取り戻したことで原因がわかったからかもしれない。

「これ、ここの人気の組み合わせなんだよ。薔薇の紅茶と、薔薇のジャム入りケーキ」

円テーブルに湯気のたつ上品なカップと三角にカットされたケーキの皿、本物の銀のフォークを並べたのに、食いしん坊の螢が手を出そうとしなかった。珍しすぎて気味が悪くなり、つい眉をひそめて聞いてしまう。

「螢くん……？　どうかした？」

妙に深刻な面持《おもも》ちの螢が、改めて視線を向けてきた。

「……六花、今から驚くこと言うけど、落ち着いて聞けよ？」

「え？　うん……」

「苑子さんが…………駆け落ちした」

言いにくそうに告げられた言葉に、頭の中が真っ白になる。

「だ、誰と？」

まさか桐一郎ではないだろう。二人はちゃんと婚約しているのだから。でも桐一郎以外の人を選ぶなんて六花には信じられなくて、頭がうまく回らない。

「それが、一年前に親に無理やり別れさせられたアメリカ人とらしいぜ」

「は？　あめりか……？」

まったく予想外の相手だ。呆然としている六花に螢がさらなる情報をくれる。

「苑子さん、実はアメリカ人の事業家の恋人がいたんだよ。でも家元たちはその人とのことをすげえ反対してて、苑子さんがどこに行くにも見張りを付けて会わせないようにしたらしいんだ」

まだ立ち直りきれないぼんやりした頭で、まさに愛しい人に会えない現状にある六花はそれはつらかったことだろうと二人に同情する。

「そんで一年たったころに、伊勢屋の旦那さんと婚約したんだ。旦那さんはあの通りすげえ男前だし、大金持ちだし、アメリカ人を諦めたんだと思って家元たちは大喜び。だけど苑子さんてば、伊勢屋に行くふりをしてその元恋人とときどき逢《あ》い引《び》きしてたらしいんだよ」

「ええ……っ⁉」

「で、一昨日《おととい》、とうとうその恋人と手に手を取ってアメリカに渡っちゃったって！　伊勢屋の旦那さんと家元たちに謝罪の手紙が残ってたらしいぜ」

「そんな……！」

あのやさしい、綺麗な苑子が、桐一郎を陰で裏切ってそんな仕打ちをしたなんて到底信じられない。

あんなに水色の封筒の手紙を大切にしていたのに。あんなに幸せそうだったのに。桐一郎の幸せを託したら、幸せになるって言ってくれたのに。

（……あ……れ？　あの手紙って……？）

苑子が大切にしていた水色の封筒の手紙。

あまりにも大切そうにしているから婚約者である桐一郎からだと思い込むようになったけれど、それではアメリカ人の恋人と駆け落ちまでする一途《いちず》さと辻褄《つじつま》が合わない。

そこでようやく、根本的な思い違いをしている可能性に気付いた。

あの水色の封筒は、本当に桐一郎の知人のものだったのではなかろうか。そしてその知人とは、もしかして、いや、もしかしなくても苑子の恋人であるアメリカ人ではないのか。

つまりは文通の仲立ちをしていた桐一郎自身も、この話に一枚嚙んでいる……⁉

夢うつつに聞いていた、彼の甘く低い声が耳に甦った。

『そもそも誰とも結婚しなくてよくなるように、私は今回の企《くわだ》てを実行に移したのだから』

……これは絶対、桐一郎も共犯だ。もう確信を持って言える。

なんという人だろう。

呆れと感嘆が入り混じって、めまいすら覚える。

いつから計画していたのか知らないけれど、あの文通の仲立ちはたしかに一年ほど前から行われていた。そんなに前から計画を練っていたのだろうか。誰にも言わず、親も騙《だま》して、結納《ゆいのう》までして、六花にさえ嘘をついて。

（旦那様、非道《ひど》い……！）

最初から教えてくれていれば、こんなに苦しまないですんだのに。彼の幸せを壊さないようにと、黙って出て行ったりはしなかったのに。

じわりと目の奥が熱くなると同時に、頭の芯《しん》も熱くなった。もしかしたら自分は怒っているのかもしれない。いや、きっと怒っていいはずだ。信じきっていた人に欺《あざむ》かれたのだから！

握ったこぶしを震わせる姿をどう思ったのか、彼のために用意された紅茶を螢が渡してくれる。

「大丈夫か？　ひとまず茶でも飲んで落ち着け」

「あ、ありがと……」

言われるまま薫《かお》り高い紅茶を口にしようとしたものの、まだ熱くて飲めない。

ふうっと息を吹きかけて冷まそうとして、六花のためにお粥を冷ましてくれた桐一郎の姿が胸に浮かんだ。急速に怒りがしぼんでいく。

（違う……、旦那様は、ちゃんと僕に話してくださるおつもりだった……）

それなのに話を聞かなかったのは自分だ。だから彼は悪くないし、最初から本当のことを教えてもらえなかったからって怒る権利なんてない。

第一、桐一郎は捨てられる役までして苑子の恋愛成就《じょうじゅ》を手伝ってあげたのだ。やはり彼は本当にやさしい、素晴らしい人……。

そんな考えが甘いことに、ため息混じりの螢の発言から六花は気付かされる。

「それにしても、あんなすげえ色男を捨ててっちゃうなんて世の中には信じられないことがあるもんだよなあ……。すげえ相思相愛で睦《むつ》まじく見えたらしいじゃん。それで捨てられたんじゃや、伊勢屋の旦那さんが女性不信になっても仕方ないよなあ」

「……女性不信……」

呆然と呟いて、確信した。

絶対、そうだ。狙っていたに違いない。

やさしく綺麗で相思相愛だと信じていた婚約者に裏切られた男は、二度と女性を信じないのだ。もちろん結婚などするはずもないし、彼の傷を知っていれば周りの人間も無理強《じ》いはできない。傷は深ければ深いほど、彼を自由にする……彼の望み通りに。

（なんて人だろう……！）

再び、怖《おそ》れに似た感嘆と共に胸にこの言葉が溢れた。頭が痛くなりそうだ。

桐一郎はその明晰《めいせき》すぎる頭脳によって、涼しげな顔でなんでも思い通りにしているのだ。

……もしかしたら六花のことも。

一度疑念を抱《いだ》くと、次々に証拠のような出来事が思い出される。

黙って出てきたのに、子爵のところにいる六花を彼はその日のうちに探し出してしまった。荷造りだって、お金だって、なんでも用意周到に彼は見通しすぎている。

自分ばかりが空回《からまわ》って苦しんでいるみたいだ。なんだか、悔《くや》しい。

きゅっと唇を噛むと、その理由を誤解したらしい螢が同意するように頷いた。

「ひどいよなあ、六花が怒るのもわかるぜ。だって伊勢屋の旦那さん、絶対すげえ苑子さんのこと好きだったと思うんだよ」

「な、なんで……っ？」

嬉しくない発言に思いきり動揺してしまう。

顔色の変わった六花に気付かず、螢はしんみりと言った。

「いや、それがさあ、昨日偶然見ちゃったんだけど……。伊勢屋の旦那さんさ、たぶん帯締めだと思うんだけど、白い紐をすげえ切ない顔して見つめてたんだよ。会いたいけど、会えないって感じの……。あんな顔、本当に好きな人を想ってしかできねえよ」

どくんと、大きく心臓が跳ねた。……違う、それは苑子を想ってじゃない。だってその白い紐は、かつて桐一郎が六花にくれたものだから。

夢うつつの六花の元に桐一郎が来てくれた翌朝、前の晩に握りしめて眠ったはずの白い帯締めがなくなっていたのだ。あれから見つけられないでいたのだけれど、彼が持って帰っていたなんて。

会いたいけど、会えない。

今の六花の気持ちと、完全に同じだ。

また、じわりと目の奥が熱くなった。今度は胸が熱くなる。

あの日の言葉通り、彼は六花を信じ、待ってくれているのだ。六花が自分から帰ってくるのを……。

潤んだ瞳に気付いて、螢が慌てた。

「ごめん、六花が伊勢屋の旦那さんのこと好きだって知ってんのに、俺……っ」

「ううん、平気。話してくれてありがとう」

瞳を潤ませたままで、にっこりと微笑む。

頑張れる、もっと。いっぱい頑張って、みんなで幸せになるんだと、強く心に思う。

「……服のせいかな……？　六花、何か変わったな」

そう言って、螢はまぶしそうに目を細めた。

【8】

「や、やったね、ルカ……！」

「やりましたね、英二叔父さん……！」

札束《さつたば》を数え終えた二人は、信じられずに感動に震えた声を発する。

もう二月も末、あと数日で暦《こよみ》のうえでは春になるこの日、とうとう二人は目標額を達成したのだ。

村上との専属契約料と、その後の翻訳料がかなりの助けになった。桐一郎に借りた金額分だけでなく、当座の生活費もちゃんとある。

信じられない思いで六花は目の前の紙幣の束を眺める。

桐一郎は「六花ならできる」と言ってくれたけれど……それを信じて頑張ってきたけれど、本当にできるのか心の底では自信がなかった。

だけど、できた。本当に。

「こんな短期間でここまで稼げたなんて……、きみはすごいよ！」

「なに言ってるんですか、みんなで頑張った結果じゃないですか」

「いや、ルカがいてくれたからこそだよ。ありがとう。本当に、ルカがいてくれてよかった……！」

感極まった子爵が眼鏡の奥の瞳を潤ませて、ひしっと六花の手を握る。その手を、六花も自分からしっかりと握り返した。緑色の瞳もじわりと潤む。

なんだか夢をみているようだ。疫病神と詰《なじ》られていた自分が、いてくれてよかったと言われるようなことを成し遂げられたのだ……！

「目標額を達成したからには、ルカはまた伊勢屋さんに帰ってしまうんだよね……？」

残念そうな顔をしてくれる子爵に複雑な気持ちになりながらも、こくりと頷く。

この人の好い叔父や駒子たち、大好きな本に囲まれてすごすのは忙しいけれど楽しかった。

だけど、もう限界なのだ。

桐一郎と苑子の婚約が狂言だったことを知って、彼の元へ帰りたい気持ちはもう制御《せいぎょ》できないほど強いものになっていた。

思い出さないように滅茶苦茶に働いていても、それでも日に何度も彼が恋しくて、寂しくて、これ以上は耐えられないと心が悲鳴をあげていた。

彼のやさしい手でまた頭を撫でてほしい。切れ長の瞳でもう一度見つめてほしい。あの低く甘い声で名前を呼んでほしい。……六花、と。

この数カ月を乗りきれたのは、ひとえに彼の元に戻るという目標があったからだ。

「放り出して行くみたいですみません……。でも、ときどき様子を見に来ますから……」

「あーっ！　ルカちゃん、あたしのシシャクと仲よすぎ〜！」

いつもの応接室にひょこりと入ってきた駒子が、顔色を変えて走り寄ってくる。慌てて六花と子爵は手を離し、顔を見合わせて笑った。

駒子のあとにぶらぶらとついてきていた村上が、丸テーブルの上の札束に気付いて器用に片眉を上げる。

「……どうやら、今夜はお別れ会のようだな」

「お別れ会⁉　なんで？」

事情を駒子に説明すると、大きなどんぐりまなこから突然涙が溢れた。

「やだ〜！　ルカちゃん、ここにいたらいいじゃん！　出て行かないで〜」

ぎゅっとしがみつかれて、こんなにも受け入れてもらっていたことに六花の瞳の奥がまた熱くなる。ぽんぽん、と彼女のおかっぱ頭を撫でて、なんとか慰めようと言ってみた。

「また遊びに来るから。それに、駒子ちゃんには子爵というダンナさまがいるんでしょう？　僕に抱きついてたら浮気になっちゃうよ？」

「シシャクはダンナさまだけど、ルカちゃんはアイジンのよていだったんだもん……っ」

泣きながらの言葉に脱力してしまう。

幼い子どもがこんなことを考えるなんてどんな生活を見せているのか……と、堀川子爵と二人して疑惑の瞳を向けたら、強面《こわもて》の彼は素知《そし》らぬ顔で「じゃ、今夜は寿司《すし》でも食いに行くか」などと話題を転換してきた。噴き出してしまう。

薔薇の香りに満たされた堀川邸で、もう六花はたくさん笑えるのだ。

さくさくと、真っ白な雪を踏みしめて歩いてゆく。

息を吐くたびにふわりと煙のような白い空気のかたまりが生まれて、真っ直《ます》ぐに上げた顔の横を流れる。

久しぶりに着た和服に羽織《はおり》、手には風呂敷包み。出て行ったときよりも少し小さい。いつでも遊びにおいで、と子爵が言ってくれたから。

もう三月になるというのに、昨日からの大雪で辺り一面すっかり雪化粧《ゆきげしょう》だ。まだ朝も早いから、他にほとんど人影もない。

真っ白な雪道に、迷いのない、一組の足跡だけが残ってゆく。

なつかしい、朝から賑《にぎ》わいを見せる繁華《はんか》な通りに面した伊勢屋の前まできて、初めて六花はためらった。桐一郎に会うのが待ちきれなくて出てきてしまったけれど、今はようやく八時ごろ、朝のいちばん忙しい時間帯だ。

(お店が開《あ》くまで、待っていようかな)

店の前にいると道行く人に不審がられそうなので、裏木戸《うらきど》の方へ回ってその前にしゃがみこんだ。

全身がそわそわして、ドキドキしている。

彼は待っていると言ってくれたけれど、本当に帰ってきてよかったのかといまさらのように不安が胸を刺してくる。その一方で、また彼の元に戻れることが嬉しくてたまらない。

落ち着かない気持ちと同じようにちらちらとひらめきながら落ちてくる雪を見上げていたら、ふいに音もなく裏木戸が開いた。驚いて見開いた視線の先、白い風景によく映える、藍《あい》色《いろ》の着流しに丹前《たんぜん》を羽織《はお》った長身の男性が現れる。

座りこんでいる存在に気付いて一瞬瞠《みは》られた綺麗な切れ長の瞳が、ゆっくりと嬉しそうにやわらいでいった。

その甘い笑みに、全身が安堵《あんど》する。

「旦那様……」

思わず呟いた六花の目の前に立った彼が、じっと見つめてきた。やわらかな眼差しで、六花が何か言うのを待っている。

なつかしくて、嬉しくて、心臓が痛い。

胸に置いた手をぎゅっと握りしめて、すでに潤みかけている瞳で見返した。

自分の願いを明かすのは、六花には勇気がいることだ。だけど目をそらさずに、懸命に震える唇を開く。

「……僕を、もう一度、拾ってくださいませんか……？」

ふ、と端整な唇に笑みが浮かんだ。低く静かな声に問い返される。

「拾えば、もう二度と側から離してやらないけれど、それでもいい？」

「もう二度と、旦那様と離れたくありません……！」

心からの即答に、桐一郎は愛おしむように綺麗に笑った。

「そう。それならこんなに可愛いの、拾うしかないねえ」

長身を屈《かが》めると、六花を軽々と抱き上げてしまう。

「おかえり、六花」

「た、ただいま、戻りました……」

ちゅ、と額に唇をつけられてふわりと頬を染めると、今度は唇に口づけが落とされる。最初は軽く、重ねるだけの。そのうち、六花が声を漏らさずにはいられないくらい、甘く深いものが。

「……めっ、だめです、旦那様、こんなところで……っ」

「そうだね、ここはお前には寒すぎるね」

機嫌よく笑って、桐一郎は六花を横向きに抱いたまま木戸を抜けて離れの自室に向かう。

「そういえば、どうしてこんな時間に……？」

裏木戸を開けたのか不思議に思って首をかしげると、くすりと笑みが返る。

「そろそろ六花が帰ってくる気がしてたから、このところ毎日、日に何度か確認するようにしてたんだよ。お前のことだから玄関からは帰ってきてくれなさそうだったしねえ」

読み通りの行動をした自分に赤面してしまう。それでも彼が自分を待ちかねていてくれたことがわかって、嬉しくなった。

トン、と離れの沓脱石《くつぬぎいし》の上に下ろされた途端、母屋《おもや》の方から滑舌のいい声が裏庭に響き渡った。女中頭のおヨシだ。

「六花⁉　六花じゃないかい⁉　ちょっとアンタ、ようやく帰ってきたんだねえ！　大奥様ーっ、六花が帰ってきましたよーっ！」

「まあ、本当⁉」

バタバタと他の女中たちや椛の走り回る音に、六花は緑色の目を丸くする。こんなに大騒ぎになるなんてびっくりだ。

ふう、とわずかに眉根を寄せて、桐一郎が白い煙のような吐息をついた。沓脱石の高さのおかげで近くなった瞳が、咎《とが》めるように六花を見る。

「どうせなら、こっそり夜中に帰ってきてくれればよかったよ」

「どうしてですか?」

「……それは今夜、身を以て教えてあげようね」

ふふ、と笑みを含んで囁かれた低い声の色っぽさに、六花の色白の頬は真っ赤に染まってしまった。


居間で店主とその母親の椛、それから番頭と女中頭のおヨシを前に、正座した六花は深々と頭を下げる。ひとまずは帰宅のご挨拶と、お詫《わ》びをしなくては。

「今回は本当に……」

「あらまあ、そんなに畏《かしこ》まらなくっていいのよ。急な話で六花も大変だったでしょう?」

ほがらかな声で椛に遮られた六花は、怪訝《けげん》そうに顔を上げる。勝手に出て行ったのに、誰も自分を怒っていない。なぜだろう。

その疑問は、おヨシの言葉で解《と》けた。

「旦那様から聞いたよ。叔父さんのお手伝いに行かないといけなかったんだって? こっちにも噂が流れてきたけど図書喫茶っていうのを始めたんだろ? それで、もう堀川子爵は六花の手伝いなしでも大丈夫なのかい?」

「はい。他にもお手伝いしてくれる人が現れましたし、軌道《きどう》に乗ったので……。ありがとうございます」

頷きながらちらりと視線を向けると、桐一郎は素知らぬ顔をしている。六花が帰ってくることを完全に前提にしてみんなに説明していたのだ。その先見性というか、むしろその自信に恐れ入る。……実際、喜び勇んで帰ってきたけれど。

「もうどこにも行かないわよね？　六花がいない間、本当に大変だったのよ」

椛のやさしい言葉をありがたいと思うと同時に、不思議に感じて首をかしげる。

「そう言っていただけるのは嬉しいですが、僕がいなくても……」

「いいえ！　桐一郎さんたら六花がいないと駄目で……」

「母上」

珍しく不機嫌そうな低い声を発した桐一郎にじろりと視線を投げられて、椛は慌てて番頭の背中に隠れるように逃げて行った。苦笑した玉井《たまい》が、椛の言葉を代弁してやる。

「たしかに、桐一郎様が左右で色の違う足袋《たび》を履いておられたときには驚きました」

「は……!?　旦那様が……？」

常に完璧な彼がそんな間の抜けたことをしたなんて……と丸くした目を向けると、桐一郎は照れくさそうに眉根を寄せ、顔をそらして答える。

「あれは、少し寝不足が続いていたせいです」

「そうですよ、桐一郎さんたら六花がいないといつまでも起きて仕事をするから……！　あの頃はどのくらい寝ていたの？　一日に一時間？　三十分？」

「もう少し寝てましたよ」

「いいえ、旦那様はほとんど寝てなかったですよ！　それどころか食事もとらずにお仕事なさったりもしていて。いつ倒れるか、アタシは心配でハラハラしてたんですから！」

おヨシにまで椛の加勢《かせい》をされて、桐一郎は端整な顔をしかめる。しかし女中頭はさらに店主を糾弾《きゅうだん》した。

「だいたい、六花を側仕えにしてからは控えてらしたから忘れてましたけどね……！　旦那様ときたら昔から、元がよすぎるせいで気付かれないのをいいことに呉服問屋の店主としては致命的に自分の外見に無頓着《むとんじゃく》だし、人より体力があるのをいいことにすぐに信じられないような無茶をなさるし、そんなんじゃあいつか……」

「あー、心配かけてすまなかったよ。だけどね」

まだ言い募《つの》ろうとするおヨシを愁《うれ》いを帯《お》びた秀麗な笑みでかわして、桐一郎は袂《たもと》から何かを取り出し、それに唇を寄せる。

「あの頃は、とてもつらかったんだよ……。仕事でもして忘れていないと耐えられないくらいね……」

悲しげで重みのある呟きに、はっとしたように全員が口をつぐんだ。

彼が持っているのは白い紐《ひも》……かつて彼が六花にくれた、あの帯締めだ！

しかし桐一郎本人と六花以外、あの帯締めを苑子の物だと思っていることは明白だった。あれを店主にもらったその場に椛もいたのだが、ほんの欠片《かけら》も気付いていないに違いない。

切れ長の瞳と目が合うと、彼がこっそりと片目をつぶって見せた。

(旦那様ってば……！　本当に、なんて人だろう……)

苦笑が零れそうになる。けれど、代わりに目頭《めがしら》が熱くなった。

六花が彼に会うために努力している間、桐一郎も待つ努力をしていてくれたのだ。いつか六花が帰ってくるのを信じて。彼の財力を以てすれば簡単に解決できることを、六花が自力で解決して、自信を回復するまで……。

しかしそれは一生二人だけの秘密。

気の毒にも、計算尽くの言動をきっちり勘違いした椛が気まずそうに口を開く。

「と……、とにかく、もうあまり無茶をしないでね？　六花、あなたがしっかり桐一郎さんを見張っててくれるかしら」

やさしい彼女に申し訳ないという気持ちはまだ心の中にあるけれど、桐一郎と離れては生きていけないことを知ってしまった。彼にあたたかな家庭と跡継ぎを持たせてあげられない代わりに、自分にできるだけのことをして尽くしていきたいと思う。

「はい。一生、お側に仕えさせていただきます」

しっかりと頷いた六花に、桐一郎は実に鮮やかな笑みを見せてくれたのだった。

その日の夜。

なつかしい離れ、その中にある店主の部屋で、何ひとつ身に纏わない姿で主《あるじ》の膝に背中から抱かれた六花は、全身を桜色に染めて震えていた。大きな緑色の瞳からは、こらえきれないように涙が零れて上気した頬を伝う。

「……こん……なの、恥ずかしい……です……」

「そう？　だけどここは全然嫌がってないみたいだね。ほら、ちゃんと熟《う》れたままのところに白い紐が映えて、とても綺麗だよ」

耳朶《じだ》を掠《かす》めて囁かれた色っぽい低い声にもぞくぞくして、帯締めできつく縛《いまし》められた六花自身が震えてしまう。ぷくりと、また先端に蜜《みつ》が盛り上がった。

「可愛いね……。きつく縛ったのに、まだ溢れてくるよ」

それを長い指でぬるりと先端に塗りこめられて、そこからとけそうな感覚に背中をしならせ、六花はかぶりを振った。

「や……っ、旦那様、意地悪です……っ」

うえぇ、と泣き声をあげると、くすりと笑って体を揺らされる。いっぱいに満たすもので体内をゆるく抉《えぐ》られて、泣き声が甘くなってしまった。

「んや……っ、だめ、揺らしちゃ……っ、あっ、あ……っ」

「揺らすのは嫌？　もっと激しくしてほしい？」

囁くと、ころりと六花の体を褥《しとね》に倒してしまう。俯《うつぶ》せになって猫のように腰を掲げられるなり、熱塊がゆっくりと引き出されていった。全身を震わせ、唇を噛み締めてあえぎ声を我慢していたのに、ぎりぎりまで引き抜かれた直後、ずん、と一気に奥まで突き入れられて唇から甘い悲鳴が迸る。

「あー……ッ、あッ、だめっ、だめぇ……ッ」

「何が駄目？　六花の中はすごく嬉しそうに吸いついてくるのに。……ああ、奥が駄目かな？　浅い方が好き？」

楽しげに言ってゆっくり腰を引くと、入口近くの浅いところを嬲《なぶ》り、感じすぎて六花がそれも嫌がると今度はまた深くを抉ってくる。

今にも達してしまいそうなのに縛められているせいで叶わず、体がどんどん過敏になってあられもない声がひっきりなしにあがった。

久しぶりの桐一郎が嬉しくて、六花は今夜、寝間《ねま》に入ってすぐに深い口づけだけであっけなく達してしまっていた。その後も受け入れの準備を施《ほどこ》されている間に何度放ってしまったかわからない。彼に言われていたように定期的に出しておかなかったのが悪いのか、ひどく体が敏感になっていて、入れられただけでも達してぐったりとなってしまったのだ。

そんな六花に、桐一郎は苦笑混じりのやさしい声で囁いた。

「久しぶりだからゆっくり可愛がりたいのに、このままじゃ六花が保《も》たなそうだねえ……。言いつけを守らずに出て行った罰《ばつ》も兼ねて、出せないようにしてしまおうか」

そうして、六花の中心をあの白い帯締めで手際よく縛めてしまったのだ。

出せないせいで恐ろしく感じやすくなっている体に、容赦のない快楽が送りこまれてくる。

体を揺らされるたびに帯締めの端が内股を軽く撫でて、それすらも快感を煽《あお》った。

「あっ、あぁっ、旦那様ぁ……っ」

「六花……、私の名前を、呼んでごらん」

乱れた吐息混じりの低い声に、朦朧としながらもかぶりを振る。彼は大事な主人だから、気軽に名前なんて呼べない。すると、ずるずると彼が出て行ってしまう。

「あ……っ、いやぁ……」

止める間もなく、はしたない声が漏れた。びくびくと震える体をぐいと仰向《あおむ》けに反転させると彼は六花を組み敷き、綺麗な切れ長の瞳で見つめてくる。

「呼んで、六花。お前は私の恋人だろう？」

ひくつく蕾《つぼみ》を熱塊でぬるぬると擦《こす》られて、勝手にねだるような甘い吐息が零れた。

恋人……、恋人だから、呼んでもいいのだ。

ぼんやりした頭で納得して、六花はうっとりと潤んだ瞳で彼の瞳を見つめる。

「……桐一郎……様……」

「ああ。そうだよ、六花」

にっこりと笑った彼に、再び深くまで貫かれた。あまりの快感に上半身が反り返り、瞳から涙が零れる。縛められた先端から、とろとろと堰《せ》き止めきれなかった蜜が溢れた。

「あっ、あっ、桐一郎様……っ、ひ、あぁあ……っ」

「もっと呼んでごらん、六花」

泣きながら彼の名前を呼んで、お返しのように吐息の絡《から》んだ低い声で色っぽく自分の名前を呼ばれるたびに、ますます体が高揚《こうよう》してしまう。達してしまいそうなのに出せないせいで終わることができないまま、絶頂間際の強い快楽だけが六花を責め苛《さいな》んだ。

どこにさわられても、何をされてもたまらなく気持ちよくて、際限のない愉悦がだんだん恐ろしくなってくる。六花は泣きながら桐一郎の腕に縋《すが》った。

「やぁあっ、もう、いやぁ……っ、とういちろ、さま……っ、も、こわい……っ」

「どうして怖い？　お前を抱いているのは私なのに」

突き上げられながら耳朶《じだ》を甘噛みされて、びりびりと指先にまで痺《しび》れが走った。激しく息を乱して、六花は上気した泣きべそ顔で彼を見上げる。その泣き顔にさえ軽く口づけられた。

「らって……っ、か、からだが……っ、もう、おかしい……っ」

呂律《ろれつ》の回らない口調でしゃくりあげながら訴えると、やさしい、綺麗な笑みが返る。

「おかしくなればいい。私のせいでおかしくなっていく六花は、とても可愛いよ」

「ひ、ひろ……っ」

「非道《ひど》い？　うん、そうだ。すまないね」

ちっとも悪びれない顔で言って、くすりと笑うと甘く深く口づけてくる。そのまま口内も体も奥深くまで激しく愛撫され、重なり合った唇の隙間から甘い泣き声が零れた。

頭の中がぐちゃぐちゃになって、もう何も考えられない。突き上げられるたびに、目の前が白く明滅し始める。中にいる彼を体が勝手にさらに引き込もうとしてしまう。

「……っそろそろ、出してもいいよ」

息を乱して切なげに眉根を寄せた桐一郎に前をとらえられて、朦朧としたまま泣きながら六花は首を横に振った。切れ長の瞳が怪訝そうな色を宿す。

「ほどいてあげるよ、六花……？　気をやってしまいたいだろう？」

こくりと頷く。だけど、今欲しいのは自分が放出して得られる絶頂ではなかった。怖いくらいに大きな愉悦がすぐそこにあるのを無意識に感じ取って、六花はそれをねだる。

「このまま……っ……とういちろ……さまが……、なかに、だして……っ」

一瞬息を呑んだ桐一郎が、ふ、と笑んできつく抱きしめてくれた直後、一際奥深くまで穿《うが》たれ、内部で熱が溢れた。それが六花に待ち望んでいた、長く激しい絶頂を与える。唇から止めようもなく悲鳴が零れた。

目の前が真っ白になって、全身が細《こま》かな光の粒になって弾《はじ》けてしまった気がした。全てが

ふわふわして、同時に痺れたような感覚が残る。

出さないままの絶頂の激しさに、一時的に意識が飛んでしまっていた。

「……六花、大丈夫……？」

やさしく髪を撫でてくれる手に、ゆるゆると意識が戻ってくる。

なんとかぼんやりとした目を開ければ、心配そうな切れ長の瞳。まだ全身が断続的に震えている。

「と……いちろ……さま……」

乱れた吐息混じりに呟いて、痺れているような腕を伸ばして厚い肩を抱きしめると、やさしく頭を撫でられた。

「出さずに気をやれたようだけれど、苦しくない？　ここ、出せなかったぶんが出るまで擦ってあげようか？」

「んや……っ」

帯締めをほどかれてもまだ芯が残る自身に長い指を絡められて、六花はいやいやとかぶりを振る。出せなかったはずなのに、そこは濡《ぬ》れそぼってとろとろだ。くちゅりと音をたてて扱《しご》かれて背がしなり、内壁がまだ中にいる桐一郎をきゅんと締めつけた。

「ちょっと待ちなさい……。そんな風にされるとまた可愛がりたくなるから、いったん……」

苦笑して身を引こうとする彼の肩をぎゅっと抱きしめて、さらに脚も絡める。とろんと潤んだ瞳で彼を見つめ、六花は頬を染めつつも一生懸命に伝えた。

「もっと、可愛がってください……。離れてすごく寂しかったから……、まだ、いっぱい、桐一郎様が欲しいです……」

「……明日、しんどくなるよ？」

くすりと笑って言われても、こくりと頷く。話している間にも、内部の圧迫感が増してきた。ドキドキする。

「私にどうしてほしい、六花？」

艶《なま》めかしい視線での問いかけにも、もうちゃんと答えられる。してほしいことはわかっているから。彼を欲しがってもいいことがわかっているから。

「いっぱい口づけて……いっぱい撫でて……、桐一郎様で、中を擦ってください……。それから、桐一郎様もいっぱい気持ちよくなって……、僕に、また、全部ください……」

さすがに顔が真っ赤になってしまったけれど、ちゃんと言えたと思う。彼が満足げににっこりして、髪を撫でてくれたから。

「いいよ。これからも、してほしいことはなんでも言うんだよ、六花……」

やさしく甘い口づけを受けて、六花は幸せな笑みを浮かべて頷く。

それから桐一郎は、六花の言った通りに希望を全て叶えてくれたのだった。

【9】

近い春を感じさせる爽やかな浅葱色《あさぎいろ》の着物を着た桐一郎の後ろで膝をついて、六花は灰色がかった薄浅葱《うすあさぎ》の帯を貝の口に結ぶ。着物の上には全体を引き締める黒い羽織の予定だから、あえて帯の色は同系色だ。

「できました、旦那様」

頷いて振り返った桐一郎が、お礼代わりにくしゃりと髪を撫でてくれる。

今朝も彼は非の打ち所なく格好いい。切れ長の瞳で見つめられると、十年以上一緒にいるのに鼓動が速くなってしまうくらい。きっと死ぬまでそうなのだろう。

頬を染めつつ立ち上がると、少しよろめいてしまった。即座に抱き留めてくれた彼が心配そうに顔をのぞきこんでくる。

「六花、やっぱり体がつらいんじゃないか？　無理しなくていいんだよ」

「へ、平気です……っ」

たしかに万全ではないが、初めてのときよりはずっとましだ。真っ赤になって答えると、楽しげに笑った彼が唇を重ねてきた。朝からこんなことをしていてはいけないのに……と思うものの、巧みに口の中を愛撫されてだんだん自力で立っていられなくなる。

くたりと力の抜けた体を彼の腕に預けると、ようやく唇を離してくれた。

「ほら、立っていられないだろう？　今日は体を休めておくべきじゃないか？」

「……っこれは、旦那様が……！」

まったくなんて人だろうと思いつつ、六花は自分を支えている腕に手をかけ、両脚に力を入れてふらつきながらも自力で立って見せる。明らかにおもしろがっている顔をした桐一郎が不穏な言葉を呟いた。

「もう少し濃厚にしてみようか……」

「駄目です……！　それに僕、今日の午後は英二叔父さんのところへ行く予定ですから！」

再び悪戯《いたずら》な口づけをされる前に予定を報告すれば、桐一郎が小さく嘆息する。どうやらわかっていたらしい。

「つくづく、お前は難儀《なんぎ》な子だねえ。図書喫茶はもう軌道に乗ったんだろう？　あとは堀川子爵にお任せしておけばいいじゃないか」

「発案者は僕ですし、そういうわけには……。それに、英二叔父さんは商売をするには人が好《よ》すぎるから心配なんです」

「……わかっていても、妬《や》けるものだね」

思いがけない言葉にふわりと頬が染まってしまう。誰よりも大切な主人が自分を愛していて、嫉妬《しっと》までしてくれるなんて夢のようだ。

それでも愛しい彼に、自分のしたいことはちゃんと伝えておかなくては。

六花は長身を見上げて、真剣な面持ちで口を開いた。

「あの……、僕、自分が関わった仕事を中途半端にしたくはないんです。ですからこれからも英二叔父さんのところへときどき様子を見に行きたいですし、翻訳の仕事も続けたいと思っています。……お嫌ですか？」

ふ、と彼がまぶしそうに笑った。

「嫌かと聞かれたら、正直に言うと微妙なところではあるね。だけど嬉しくもある」

謎《なぞ》めいた言葉に怪訝な瞳を向けると、くしゃりと髪を撫でられる。

「お前が私の知らないところでどうしているのか、側にいないと気になってしまうけれどそれは仕方ない。だから気にすることはないよ。それよりも六花が自分の世界を持って、ちゃんと自分の意見を言えるようになったことが本当に嬉しい。ようやくお前を遠慮なく愛せるようになった」

「今まで遠慮されていたんですか……？」

ことりと首をかしげて問えば、苦笑混じりの頷きが返る。

「遠慮していたとも。お前はあまりにも私に従順過ぎて、しかも感情の自覚がなかったからねえ」

「……旦那様は、いつからご自分のお気持ちに確信を持っていらっしゃったんですか？」

彼と出会った時点で六花は五、六歳くらいだ。拾われて以来ずっとやさしかったけれど、特に態度が変わったような気がしなくておそるおそる聞いてみたら、くすりと笑われた。

「確信を持ったのは二年くらい前かな。無条件に私を慕ってくれるお前をずっと可愛いと思っていたけれど、最初は下心なんか全然なかったよ」

「そ、そうですよね……」

あらぬ疑いをかけてしまって頬を染めれば、笑いながらくしゃくしゃと髪を撫でられた。

「私はともかく、六花はなかなか自覚してくれなかったねえ。お前がそんなだから、苑子さんとの狂言婚約を思いついたときにも教えてやることができなかったんだよ」

「どうしてです……？　教えてくださったらよかったじゃないですか」

狂言婚約だと知らなかったときのつらい気持ちを思い出してつい責めるような視線を向けると、逆に呆れ顔で嘆息された。

「私への気持ちを自覚する前に『六花と一緒にいたいから、誰とも結婚しなくていいように苑子さんの駆け落ちに協力して捨てられる役をするよ』なんて言われていたら、きっとお前は逃げ出していたよ。現に、気持ちを自覚して私と愛し合ったあとでさえ逃げ出したじゃないか」

「う……」

そう言われてしまっては反論のしようもない。たしかに主人の言う通りだ。桐一郎への気持ちを自覚して、彼に愛していると言ってもらっていても、彼のためには身を引くべきだと思ったのだ。それを、自分の気持ちに気付かない状態で彼の気持ちだけを聞いていたら、「自分がいるからいけないのだ」と思って伊勢屋を飛び出していたことは間違いない。つくづく桐一郎の洞察力に舌を巻いてしまう。

「すみませんでした……」

素直に謝れば、笑って髪を撫でてくれた。

相変わらず撫で癖全開の店主の手を甘受しながら、六花はふと疑問を抱く。

「旦那様、僕、いつから撫でられても平気になったんですか?」

今でこそ撫でてもらうのが大好きだけれど、祖母に虐待されていた六花はおそらく人の手が怖かったはずだ。堀川子爵が初めて会いに来た日、桐一郎の手で頭を撫でられて嬉しそうにする六花を見て驚いた様子だったのはその証拠だろう。

問いかけに痛ましそうな顔をした桐一郎が、よしよしとまた撫でてくれた。

「子爵の家に行って、全部思い出してしまったかな……? たしかに拾ったばかりの六花は、誰かが手を伸ばすと怯《おび》えていた。だから私と母はできるだけお前を怖がらせないように、お前が人の手に慣れるように、たくさん撫でてやることにしたんだ。記憶を失ったのがよかったんだろうね……、一年くらいで慣れてくれたよ」

「そうだったんですか……！」

椛も店主もただ撫で癖があるのだとばかり思っていたのに、本当は自分のためだったことを知って胸が熱くなる。

桐一郎がくすりと笑った。

「まあ最初の目的はともかく、いつの間にかただの癖になってしまったんだけどね。もう撫でなくていいと言われても、触れずにはいられないだろうなあ」

気持ちを軽くするようなことを言ってくれる人の手の心地よさに目を細めながら、六花は自分を拾ってくれたのが彼でよかったと今日も心から思う。

「あのとき……、また僕を拾いに来てくださって、本当にありがとうございました」

なぜか知らないけれど、見知らぬ子どもを夜中にわざわざ拾いに戻ってきてくれたのだ。

その奇跡がなければあの大雪で六花は確実に死んでいただろう。

改めてお礼を言えば、桐一郎から思わぬ告白を受けた。

「実を言うとね、たしかに気になってはいたものの六花にはちゃんと迎えがくるものだと思っていたんだ。あの場所に戻ったのはマリアさんに頼まれてのことだったんだよ」

「え……？」

マリアさんとは、六花の叔母のマリアであろう。そういえば子爵の家を一緒に飛び出した彼女に、なぜ樅《もみ》の木の下に置いて行かれたのか六花はまだきちんと思い出せていなかった。

「もしかして、お知り合いだったんですか？」

乳母《うば》でもあるマリアは常にルカといたはずなのに、一体いつの間に……と不思議に思って聞くと、桐一郎は首を横に振る。

「いや。あの雪の日に、気を失っている彼女を良庵《りょうあん》先生が突然うちに連れてきたんだ」

「気を失って……？」

「道端《みちばた》で血を流して倒れていたらしい」

そう言って、文机《ふづくえ》の奥から色の変わった手紙を取り出してきた。

「六花の記憶が戻ることがあったら、読ませてあげるつもりだったものだよ。マリアさんからだ」

イタリア語で書かれたその手紙は乱れた筆跡《ひっせき》に彼女の胸中がうかがわれ、時折読めないほど涙でインクがにじんでいた。

『愛しいルカ、あなたを置いてイタリアへ帰る私をどうか許してください。

本当はあなたと共に帰国するつもりだったのです。だけどあなたは私のことを忘れ、怖がるようになってしまいました。たぶん、この国では珍しい髪や瞳の色のせいで。

つらいです。でも、あなたの方がもっとつらいのだと思います。

いつかあなたが、あなた自身も含めこの外見を受け入れられるといいのだけれど……。

あの雪の日、あなたを置き去りにしてしまった日のことを弁解させてください。

堀川の家を追い出されても、私たちには頼れる人がこの国にいませんでした。だから唯一の味方である英二に助けてもらおうと、あなたを安全なところに隠した私は堀川邸に戻ろうとしたのです。

けれど私は途中で気を失ってしまい、気がついたときには伊勢屋さんで手当てを受けていました。数日前に頭に負ったケガから血が流れすぎたのが原因だそうです。

一人きりで私を待っている間、ルカがどんなに寂しく、心細かったかを思うと胸が潰《つぶ》れそうです。本当にごめんなさい。

すぐに桐一郎に頼んで迎えに行ってもらいましたが、三日に渡って高熱で寝込んだあなたは、目が覚めたときにはつらい記憶と共に私のことも忘れていました。

私がどんなに途方にくれたか、わかってもらえるかしら……！

私たちにはもうお互い以外に身内がいません。

だから私は、私のことを覚えていないどころか怖がるルカと二人きりで、誰にも頼らずに生活しなくてはならなくなってしまったのです。

私は今十五歳です。

正直に言います。自分のことでさえ不安でいっぱいなのに、人の手を怖がるようになったルカの人生の責任までとれるとはとても思えませんでした。

ごめんなさい、ルカ。不甲斐《ふがい》ない私を許してください。

そんな私に、桐一郎があなたを預かることを申し出てくれました。

伊勢屋さんはとても裕福だからルカを育てるのに苦労はないし、目覚めたばかりのルカが桐一郎にあまりにも懐《なつ》いてきたから放っておけなくなったそうです。

久しぶりにあなたの屈託のない笑顔を見ているうちに、ここにいる方がルカにとって幸せなのかもしれないと思うようになりました。

……これはあなたを置いて帰国する言い訳にしか聞こえないかもしれませんね。

それでも私はルカを愛しています。

私から連絡をすることであなたが悲しい記憶を取り戻すことがないように、こちらからはもう連絡しません（……ああ、これでもう二度とルカには会えないのかしら！）

この手紙はあなたに読まれないままかもしれませんが、あんなにつらい記憶は忘れたままの方が幸せかもしれませんね。

もしいつか、あなたが記憶を取り戻すことがあったら……、そして私のことを許してくれるのなら、もう一度会いたい。会いたいです。

いつでもあなたの幸せを祈っています。

さようなら、愛しい私のルカ

マリアより』

元は上等な便箋《びんせん》のようなのに、まるで洗ったかのようにごわごわしている手紙に目頭が熱くなった。

許すもなにも、マリアには感謝の気持ちしか湧いてこない。

今の自分より幼いくらいの年で、マリアは本当に頑張ってくれた。言葉の通じない異国で、六花を懸命に守ってくれた。

ちゃんと責任ある人に託して泣きながら帰国した彼女を、一体誰が責められるだろう。

瞳を潤ませて手紙を胸に抱く六花に、桐一郎がやさしい声で提案してくれる。

「そのうち、マリアさんに会いに行ってみようか」

「はい……って、え……⁉　イタリアまでですか⁉」

ちょっとそこまで、みたいな軽い口調に思わず同意しかけてしまったけれど、そんなに気軽に行ける距離ではない。それなのに彼はあっさりと頷く。

「近いうちに欧米をぐるりと回りたいと思っていたんだ。アメリカの次の出店予定地も決めたいしね」

「まだ海外に出店されるんですか……⁉　働きすぎです、旦那様！」

しんみりしていた気持ちも吹き飛んで咎めるように彼を見上げれば、桐一郎が楽しそうに笑った。

「うん、これこれ。やはり六花がいてくれないとねえ」

「……っもう、そんなこと言って、誤魔化《ごまか》さないでください」

「そう怒ることないよ。本店の方は近いうちに玉井に任せるつもりだしね」

桐一郎には何か思惑《おもわく》があるようだ。訊《たず》ねる視線を向けると、にっこりした彼にくしゃりと髪を撫でられた。

「とりあえず、来年の今頃には海外旅行を終えて帰ってくるようにしておこう。その頃にはお前のいちばんの懸念《けねん》も解決しているはずだよ」

「僕のいちばんの懸念……？」

またもや謎めいた言い方をされた。無意識に眉を寄せて考える。

桐一郎と想いを通じ合って、今後は一生側に仕える決意をしたから特に心配事などない。

……いや、強《し》いていうなら伊勢屋の跡継ぎ問題か。しかしそれは彼が他で子作りをしない限り解決し得《え》ない話だ……！

青ざめた六花は、桐一郎を見上げて生まれて初めて牽制《けんせい》というものをしてみた。

「う、浮気なんかしたら、僕、死んじゃいますから……！」

驚いたように切れ長の瞳を見開いた彼が、一瞬後に笑いだす。

「六花がいなくなったら私も生きていけないから、浮気は絶対にしないと誓うよ。……まあ、一年後を楽しみにしててごらん」

そう言うと桐一郎は、まだ笑みを形作っている唇で六花におまじないをくれたのだった。


かくして、約九カ月後。年は巡り、霜月の末だ。

「そろそろ着くかな……」

豪華客船内の個室で、長い脚を組んでゆったりと椅子に腰かけた桐一郎が懐中時計を見て呟く。そのすらりとした長身に纏っているのは三つ揃いのスーツ、洗練された洋装はどう見ても呉服問屋の店主には見えない。

いや、実際に彼はもう一介《いっかい》の店主ではなくなっていた。長期旅行に出る前に伊勢屋本店の店主を番頭に譲って、彼自身は頭領として系列店全体の管理と事業の拡大に専念することにしたのだ。店主分の業務が減ったおかげで彼が無茶な働き方をしなくてもよくなり、六花もほっとしている。

「荷造りは万全です、旦那様」

同じく洋装の六花がテーブルに載せた革製の鞄《かばん》の中身を確認し終えて振り向くと、お礼代わりにくしゃりと髪を撫でられた。着る物が変わっても彼の撫で癖は健在なのだ。

桐一郎の予告通りに二人は五月から約半年間、次の海外支店の下見も兼ねた欧米漫遊の旅に出かけていた。その長旅も終わり、あと十分ほどで帰港する。

「そういえば旦那様、本当にイタリアにも出店なさるおつもりなんですか……？」

イタリアでは、実に十年以上ぶりに六花は叔母のマリアに会った。

相変わらず美しい彼女はすでに結婚してルカという名の子どももいて、六花に会えたことを泣きながら喜んでくれた。実は桐一郎と定期的に連絡を取り合っていたらしいのだが、本物の甥に再会できた喜びはやはり格別だったらしく、その豊かな胸で窒息《ちっそく》させられるかと思うほど抱きしめられた。

そんなマリアの夫である男性と桐一郎が話しこんでいたことを思い出して確認すれば、あっさりと頷かれる。

「ああ。あとはイギリスにも出す予定だよ。堀川子爵の留学時代のお友達が現地の管理人を引き受けてくれたからね」

「いつの間にお話を……!?」

「お前が案内人の倫敦塔《ロンドンとう》の話に夢中になっている間にさ」

何気ない顔で言われてしまったけれど、あまりの手際《てぎわ》のよさにめまいがする。一緒にのんびり観光しているように見えて、きっちり仕事もこなしていたのだ。本当になんて人だろうとため息を漏らさずにいられない。

「……そうですよね、旦那様はいつの間にかいい人材を見つけていらっしゃるんですよね。……アメリカ店のロバートさんと、苑子さんみたいに！」

言外に非難する響きが混じってしまったのは仕方がない。アメリカでロバートを訪ねたとき、隣に苑子がいて六花は本当に驚いたのだ。

あの水色の手紙の主、すなわち苑子と駆け落ちした恋人は実はロバートだったのだが、桐一郎は何も教えてくれていなかった。

くすりと笑った桐一郎が、なだめるように六花の髪を撫でる。

「わざと驚かせたことをまだ怒っているの？」

「……怒ってないです。お二人ともお元気そうでよかったですし、お店の経営状態もたいへん良好でしたから」

海外で和服が受け入れられるのかと六花は心配していたのだけれど、ロバートが管理している伊勢屋の海外店は素晴らしい業績を上げていた。それは実際に和服を身に着けた苑子による接客の宣伝効果も大きいだろう。……桐一郎がどこまで計算して二人に協力していたかは、怖いから聞かないけれど。

「それにしても小物類はともかく、帯をテーブルセンターにするとか、前をはだけたままの着物をガウンにするとか、異国の方はおもしろい使い方を考えますね」

あれはあれでそれなりに絵になっていたけれど、衝撃的だった。

「着る物は風土に合わせて変わる物だからね。このスーツも、そのうち着物みたいに着やすくなればいいがなあ」

ふう、と息をつきながら桐一郎が襟元《えりもと》をゆるめる。

そんな何気ない仕草も見とれるほど格好いいのに、彼は骨の髄《ずい》まで呉服問屋なのかどうもスーツが苦手なようで、帰国したらもう着ないと宣言している。数本の紐だけで簡単に着脱できないのも、体にぴったりしすぎているのも窮屈《きゅうくつ》らしい。

「……旦那様の洋装は、これでもう見納めになってしまうんですね」

「いやあ、洋装は実に面倒だからねえ」

いかにも大変だったと言わんばかりの口調に、思わず笑ってしまう。

「面倒なことは全部僕がして差し上げたじゃないですか。旦那様ったら、シャツの釦《ボタン》を留めるのも億劫《おっくう》がられるから……」

だから朝な夕なに、六花は彼の服のボタンを留めたり外《はず》したりしてあげていたのだ。

彼に尽くすことが嬉しい身としては帰国後も時には洋装になってほしいという気持ちがあったりする。第一、こんなに格好いいのにもう見られないなんて残念すぎる。

そんな考えを読んだのか、桐一郎が微笑して少し首をかしげた。

「まあ、お前が甲斐甲斐しくやってくれるからべつに洋装でもかまわないけどね。でも、六花もときどき嫌がっていただろう?」

「僕がですか……？」

「ああ。私が服を着たままは嫌だって泣いていたじゃないか」

彼が言っているときのことを思い出して、かあっと頬が熱くなった。

自分でボタンを外すのを面倒がる桐一郎のせいで、六花は乱れたシャツを着たまま、ほとんど服を乱していない彼に抱かれるという目に何度か遭ったのだ。たしかにそういうときは、着物と違ってすぐに彼の素肌に触れられないのが嫌で泣いた覚えがある。

「ほら、やっぱり着物の方が都合がいいだろう……？」

にっこりする桐一郎に、六花は恨《うら》めしげな緑色の瞳を向けつつも赤い顔で頷いた。素直な反応に彼がくすくすと笑い出してしまう。

「お前は本当に可愛いねえ……。愛してるよ、六花」

腕を取られるなり膝の上に抱き寄せられて、笑みを湛《たた》えたままの唇に口づけられた。それに応えながら、口づけの合間に六花も気持ちを言葉にして返す。

「ん……、僕も、愛してます……、桐一郎様……」

彼の恋人になってから、こうやっておまじないとは違う、じゃれるような口づけをされることが多くなった。普段は旦那様と呼んでいるけれど、口づけのときと寝間にいるときは名前で呼ばないとお仕置きをされることも身を以て学んだ。

彼は非の打ち所なく格好よくて、やさしくて、愛情深くて、なんでもできる凄い人だけれど、実は自分のことにけっこうズボラで、ときどきちょっと意地悪だ。だけど、その全てを含めて最高に愛しい人だと思う。

悪戯な口づけに瞳を潤ませて息を乱した六花をようやく離すと、桐一郎は懐中時計を確認する。

「うん、ちょうどいいね。そろそろ行こうか」

あまりの段取りのよさに無意識に唇をとがらせてしまうと、笑った彼にちゅっと仕上げの口づけをされた。

「さあて、私が以前言ったことを六花に証明するときがきたよ」

「以前おっしゃったこと……？」

「まあ楽しみにしててごらん」

相変わらず謎めいた物言いの主人に、六花は首をかしげるしかなかった。


「にっ、妊娠……っ、ですか……!?」

港まで玉井と一緒に車で迎えにきてくれた椛を前に、六花はこぼれ落ちそうなほどに目を見開いて今聞いたことを呆然と繰り返す。

うふふ、と恥ずかしそうに頬を染めて微笑んでいる彼女のほっそりしていたはずのお腹は、信じられないけれどたしかにふっくらと丸みを帯《お》びている。

「お、おめでとう……ござい、ます……」

証拠を目の前にしてもまだ信じられないままにつっかえつつ述べたお祝いに、椛本人ではなく照れくさそうに頬を染めた玉井が応えた。

「ありがとう。この年になって子宝《こだから》を授《さず》かるとは思ってなかったんですけどね……」

(うそ〜〜っ⁉　玉井さんが、大奥様と⁉)

絶叫はもちろん心の中だけに留《とど》めてある。

信じがたい思いで桐一郎の方を見れば、彼はちっとも驚いた様子もなく六花の表情を楽しそうに観察している。……どう見ても、知っていたとしか思えない。

車の後部座席に桐一郎と並んで収まった六花は、まだ信じられない気持ちでそっと彼のスーツの袖を引いた。

「……旦那様、ご存じだったんですか？」

ごく小さな声で問いかければ、当然のように頷きが返ってきた。

「ああ。イギリスを旅行中に、二人が結婚したって六花にも言っておいただろう？」

「き、聞いてないですよ」

「そんなはずはない。……ああ、そういえばお前は、本屋さんで随分熱心に子爵へのお土産《みやげ》を選んでいたからねえ。聞き逃してしまったんだろうね」

涼しげな顔で言っているけれど、絶対、わざとだ。本を読み始めた六花の耳は、人の話をまともに拾えないことなどわかっているくせに。

きっと帰国後に六花を驚かせたくて……それから、他の人のことに一生懸命になっている六花に意趣返しをするために、聞こえなくなった頃を狙ったに違いない。困った恋人だ。

まんまと驚かされたけれど、前の座席で睦《むつ》まじくしている椛と玉井を見ているうちに幸せな気持ちになってきた。

「……なんだかお似合いですね。いったいいつから想い合うようになられたのでしょう」

ほのぼのとした気持ちで何気なく口にすると、桐一郎が意外なことを言う。

「玉井の方は、私の覚えている限りずっと母を想っているようだったよ。でもまあ彼は忠義者だから、父亡きあとも気持ちをあらわにするようなことはなかったし、母はあの通り疎《うと》い人だからねえ……。堀川子爵が現れなければ、私が何か手を打つしかないところだったよ」

「え……？　どうして英二叔父さん……？」

「子爵のおかげで、玉井にようやく火がついてくれたのさ。嫉妬心はいい活性剤だね」

そういえば、椛が子爵から薔薇の花束をもらったときに番頭の様子が普段と違っていた。

思わぬ副産物だ……と思いかけて、さっきの桐一郎の言葉に六花ははっとする。

「何か手を打つおつもりだったって……、まさか、最初から大奥様と玉井さんを夫婦《めおと》になさるおつもりだったんですか……？　それって、まさか……もしかして……」

おそるおそる向けた視線の先で、桐一郎はにっこりと綺麗な笑みを浮かべる。そして、おそろしくも予想通りの返事が返ってきた。

「跡継ぎの誕生が待ち遠しいね。……これで私たちが子を生《な》せなくても、お前は気にしなくていいわけだ」

あまりのことに六花は絶句して、口をはくはくさせてしまう。

（本当に、なんて人だろう……！）

こんな人は他にいないだろうと思う。とんでもない人だけれどどうしようもなく愛しているから、我ながら困ったものだ。これからも頑張ってついていくしかない。

ふと空を見上げた桐一郎が、六花の頭をすいと自分の方へ引き寄せた。

「見てごらん、六花……。不思議な雪晴れだ」

言われた先を車の窓ガラス越しに見ると、雪雲の合間には抜けるような青空。そこから射すやわらかな光が、天から舞い落ちる雪花をキラキラと輝かせている。

「綺麗ですね……」

うっとりと呟けば、頷いた桐一郎がくすりと笑って言った。

「だけど、六花ほどじゃないよ」

「……！」

花が咲くように頬を染めた六花の唇を素早く奪って、桐一郎は機嫌よく栗色の髪をくしゃくしゃと撫でる。こんな、他にも人がいる車内で……と恥ずかしさのあまり咎める目を向けると、愛しげな切れ長の瞳と視線が絡んだ。

「……六花は本当に、私の幸《さいわ》いそのものだよ」

やさしい、低い声に、ふわりと胸があたたかくなる。

「……旦那様こそ……」

「あらまあ、桐一郎さんたら相変わらずなのねえ」

言いかけたところで、おっとりした椛の声に遮られて慌てて彼から飛びのいた。

心臓がバクバクいっている。長期間二人で海外を旅行していたせいで、周りは日本語を理解できる人ばかりのところに帰ってきたことをうっかり忘れかけていた。

「桐一郎さんたら、六花は頭領である貴方の立派な秘書なんですから、いつまでもそんな子ども扱いをしていたら嫌がられますよ」

椛の言葉に、桐一郎はにこりと笑みを返す。

「もう癖になっていて無意識にさわってしまうんですよ。……嫌かな、六花？」

やさしい手で撫でながら、低く甘い声でそんな風に聞いてくるなんてずるい。そう思うけれど、彼に触れられることは嬉しいから六花は首を横に振る。

「……嫌じゃないです……」

「あらまあ、二人とも本当に相変わらずなのねえ」

呆れたような椛の声に、慌てて言い足した。

「嫌じゃないですけど、皆さんの目に余るようでしたらちゃんとやめていただきますから！」

本気で言ったのに、椛はおっとり笑って否定する。

「あら、べつに目に余るなんてことはないけど。ただ桐一郎さんは、いつまでそうして六花を可愛がるつもりなのかしらと思って……」

「きっといくつになっても変わりませんよ。だから気にしないでください」

しゃあしゃあと言ってのけてわざとらしく栗色の髪を撫で回す桐一郎に、六花の方が赤くなってしまう。

「もう、旦那様……！」

椛は「きっとその通りね」なんて納得して前を向いてしまった。

まだ髪を撫で回している大きな手をはっしと摑んで咎める目を向ければ、切れ長の瞳が少し思案げな色を宿した。

「そうだな……、近いうちにまた、旅行に行ってもいいな」

いきなりの呟きに、きょとんとしてしまう。

「どうなさったんです？　あんなに洋装を面倒がっていらしたのに」

「海外を旅行中の方が、お前が周りを気にせずにたくさんさわらせてくれるからさ」

悪戯っぽく明かして、彼の手を摑んでいる六花の指先に軽い口づけを落としてきた。

「旦那様……！」

慌てて手を離し、六花は主人を行儀よく座らせようと広い肩を押す。まったく、椛や玉井に見られるかもしれないのに油断《ゆだん》も隙《すき》もあったものではない。

キッと緑色の視線で叱《しか》りつければ、懲《こ》りない彼がくすりと笑った。

「怒る六花は可愛いよ」

「もう……」

それ以上、何も言えなかった。あまりにも愛しげな瞳と目が合ってしまったから。六花が遠慮のない感情を出すと、彼はよくこういう表情をする。

他の人に気付かれないようにそっと手を握ってきた大きな手を、六花は頬を染めて、零れる笑みと共に握り返した。

恋人は旦那様を叱る

新年にふさわしくおめでたい印象の朱色《しゅいろ》の風呂敷《ふろしき》は、持っている中でいちばん大きいものだ。

畳《たたみ》に広げたその布の上に、唇を引き結んだ六花《りっか》は衣類や日用品を黙々と積んでゆく。最後に数枚の手拭《てぬぐ》いをのせると、納得顔で頷いた。

「これでよし、と」

荷造りも二回目ともなれば忘れ物なんかしない。今度はちゃんと足袋《たび》も手拭いも入っている。

風呂敷を包みにするべく両端を引き寄せた途端《とたん》、その手を咎《とが》めるように背後から低く沈んだ声が響いた。

「……本当に、私を置いて行くつもりかい？」

びくりと振り返れば、腕を組んで柱に長身をもたれさせている桐一郎《とういちろう》だ。愁《うれ》いを帯《お》びた眼差しでこちらを見ている。

その視線を受け止めきれずに、六花はまつげを伏せた。

「……すみません」

小さな声で謝罪すれば、嘆息した彼が身を起こし、隣にきて膝をついた。指先であごをとらえられ、視線を合わされる。

「二度と私から離れたくないって言ってくれたのは、どの口だったんだろうねえ……？」

呟いた彼の美貌が近づいてきて、嘘つきな唇を責めるように軽く噛まれた。

「こ……、この口、ですけど……っ」

身をすくませる六花にかまわず、桐一郎は絶妙な力加減で何度も何度も噛んでくる。感じやすい薄い皮膚は刺激されるたびに痺れたような疼《うず》きが走り、だんだん力が抜けていってしまう。

くたりと身を預ければ、少し気が済んだのかいつものやさしい顔にもどった彼にぽんぽんと背中を撫でられた。どことなくからかうような声で、ありえない問いを投げかけてくる。

「気が変わってしまったの？」

「そんなわけないです！　……けど、英二叔父《えいじおじ》さんが心配なんです……」


欧米漫遊の旅から帰国してひと月あまり。バタバタとした年の瀬をすごし、本日新しい年を迎えた。

商家である伊勢屋の人々は商売繁盛の神様への初詣《はつもうで》を欠かさない。頭領である桐一郎と秘書の六花も、例年通りに朝一で連れ立って近所にある大きな神社に詣《もう》でた。

その人混《ひとご》みの中で、二人は偶然にも村上父娘《むらかみおやこ》に会ったのだ。

「ホントはシシャクとおまいりのやくそくしてたんだけどー……」

と、しょんぼりしながらも『ダンナさま』のために『家内安全』のお守りを買ったという駒子《こまこ》から知らされたのは、正月早々堀川子爵《ほりかわししゃく》がひどい風邪《かぜ》で寝込んでいるという話。伊勢屋《いせや》を飛び出したときにはお世話になり、図書喫茶を始めるにあたっては協力しあった実の叔父だ。これはもうお見舞いに行くしかない。

ぜひとも一人で、泊まりがけで。

「わざわざ六花が泊まり込まなくても、子爵の看病くらいお手伝いさんがちゃんとしてくれるよ」

風呂敷の端を持つ手の上に大きな手を重ねて、さりげなく荷造りの邪魔をしながら桐一郎が諭《さと》してくる。困った目を向けても知らん顔だ。

「そうかもしれませんけど、身内の方が気兼《きが》ねせずにいろいろと頼めるでしょうし……」

「いや、堀川子爵の性格からすると逆に気を遣わせてしまうかもしれないよ」

反論しても即座に反論される。それがまた的を射ているから始末が悪い。このままでは子爵のお見舞いに行けなくなってしまいそうだ……不義理な真似《まね》はしたくないのに。

そんな気持ちを見透かしたかのように、桐一郎が指摘する。

「私はなにも見舞いに行くなとは言っていないだろう？　行くなら私と一緒に、泊まりはなしでというだけじゃないか」

「……それじゃ駄目なんです」

妥当《だとう》な意見にもかかわらず却下する六花に、桐一郎は少し首をかしげた。それからすぐに、なにもかも理解したらしい表情でため息をつく。

「……なるほどねえ。私の恋人は、相変わらず私のことばかりのようだね」

くしゃくしゃと髪を撫でてくれるけれど、形のいい唇に浮かんでいるのは苦笑だ。

「やけに『一人きり』で『泊まりがけ』の見舞いにこだわると思ったら、万が一にも私が風邪を伝染《うつ》されることがないようにというわけか。六花経由で病《やまい》を持ち込む可能性すら排除するために向こうに泊まり込みたがるなんて、徹底しすぎじゃないかい？」

「用心にこしたことはありませんので……」

「私がお前と離れて正月をすごすのは嫌だと言っても？」

恋人らしい言葉に心臓が跳ねて、返事に詰まってしまう。

六花だって桐一郎と離れていたくなんかない。でも、大事な主人を風邪から遠ざけたうえで子爵の看病をするには、こうするしかないのだ。

それなのに許してもらえないことに困り果てた顔をしていれば、とうとう桐一郎が諦《あきら》めたような吐息をついた。

「仕方がないねえ……。こうなったら子爵に早くよくなっていただけるように、おヨシさんによく効くお薬と精のつくものを用意してもらうしかないね。支度《したく》ができるまで少し待っていなさい」

「はい……！」

主人なのに折れてくれたうえに、お見舞いの品まで用意してくれるなんて。

（やっぱり旦那様はおやさしいなあ）

しみじみと感謝の念を抱いていた六花は、桐一郎の口許に思惑《おもわく》ありげな微笑が浮かんでいることには気づかなかった。


布団《ふとん》の横にどっかりと鎮座《ちんざ》するのは、小山のような朱色の包み。その上に六花はきちんと揃えた数冊の本をのせる。

六花からの見舞い品を本にするように勧《すす》めてくれたのは桐一郎だ。子爵が本好きなことを考慮しての提案はさすがだと思う。

（でも、三が日はどこもお休みなのを失念されていたなんて……）

ゆったりかまえているけれど周到極まりない主人がうっかりするなんて、実に珍しい。新年からの珍事に六花は唇をほころばせる。

お店が休みだったせいで、予定していた見舞いの品が揃わなかったらしい。頼めば商《あきな》ってくれるだろうけど、元日からそんな野暮《やぼ》はすべきじゃないから出発をせめて明日に延期するように言われて今に至っている。

準備が万端になったところでそろそろやすもうかと布団に手をかけたら、すうっと主人の私室に繋がる襖《ふすま》が開いた。ぼんやりとした座敷ランプの明かりを背に、優雅な長身の影が立つ。

「おいで、六花」

低い囁き声で言葉少なに誘われるだけで、どうしようもなく胸が高鳴る。ほとんど無意識に応えていた。

「はい……」

吸い寄せられるように恋人の元へ向かいかけた六花の目の端に、鮮やかな朱色が警告のように映った。……以前、出て行こうとした自分に桐一郎が何をしたか。

今回はちゃんと納得してもらったから大丈夫なはずだけれど、用心というものを覚えた六花は一応釘《くぎ》を刺しておくことにする。

陰になっているせいで表情の読みづらい恋人を見上げ、おずおずと切りだした。

「桐一郎様……、あの、今夜は……、あんまり……いっぱいは……」

内容が内容だけに、まだはっきりと頼めていないのに頬が熱くなってゆく。ふ、と彼が微笑《ほほえ》んだ。

「もちろんちゃんと考えているよ」

くしゃりと髪を撫でられる。楽しげな笑みを湛《たた》えた瞳で、染まった顔をのぞきこまれた。

「ただ、今夜は一年の初めだからねえ……、いつもより特別大事にしてあげるつもりだったんだけど、それも嫌かな？」

「そんな、桐一郎様にしていただくのに嫌なんてことは……！」

「私の好きなように可愛がっても平気？」

「はい。そうしてください……」

真っ赤になりながらも頷くと、笑った彼に抱き寄せられた。

すっかり馴染《なじ》んだ恋人の香りに包まれるとくらりとめまいを覚え、六花はやさしい手に完全に身をゆだねた。


爽《さわ》やかで甘い、柑橘《かんきつ》系の香り。

その香りに沈みこんでいる意識を刺激されて、重いまぶたを薄く開く。

明るい。

この明るさは……早朝とはとてもいえない。下手《へた》したらお昼だ。

「目が覚めたかい、六花？」

機嫌のいい声のする左側に熱に潤んだ視線だけを向けると、手に持った剝《む》きかけの蜜柑《みかん》以上に爽やかな美貌の恋人がいる。六花の体調は爽やかとはほど遠いのに。

「…………ちゃんと考えてくださるんじゃなかったんですか」

不機嫌な怒りの声も、弱々しくかすれていては迫力なんてあったものじゃない。

桐一郎がにっこりして頷いた。

「ああ、考えていた通りになったよ」

「……！」

彼がやさしいだけの人ではないことくらい十分にわかっていたつもりなのに。また騙《だま》されてしまった。悔《くや》しい。

「特別に大事に」という言葉で気づくべきだったのだ。あれは一度きりをいつもよりゆっくり、という意味ではなくて、懇切丁寧にしつこく夜通《よどお》し可愛がるという意思表示だったのに。

おかげで起き上がることすらできそうにない。

「体調が悪いのだからお前が子爵を見舞えなくても不義理にはならないし、代わりに行ってくれたおヨシさんが毎日容態の報告もしてくれると言っていたから安心だね。きっと六花からの差し入れがいちばん喜ばれるよ」

ご機嫌な声で根回しまで万全なことを明かされて、六花はようやく悟《さと》る。

おそらく、昨日の「少し待っていなさい」の時点で全て計画済みだったのだ。感謝の念を抱いた自分のおめでたさが腹立たしすぎて、言葉も出ない。

「ゆうべはさんざん泣かせて、あえがせてしまったからねえ……喉《のど》が痛いだろう？　ほら、

「口を開けてごらん」

剝き終わった蜜柑を一房、口許に差し出された。ぷいと顔を背《そむ》ける。

たしかに嗄《か》れた喉は水分を欲しているけれど、そんなに簡単に許してあげられる気分じゃない。

「薄皮まで剝いてほしい？」

「そんなんじゃ……！」

口を開くなり、蜜柑を入れられてしまった。しっかり果嚢《かのう》まで剝いてある。たっぷりの水分と甘さが美味しい。

飲みこんでから、六花は改めて桐一郎に瞳を向けた。このまま流されてしまう前にきっちり叱っておくつもりで。

「……旦那様は、僕のことを手玉に取りすぎです！」

「そんなつもりはないよ」

「信じられません」

本気で怒っているのに、桐一郎は楽しそうに笑ってふたつめの蜜柑を口許に差し出してくる。

「怒っている六花は本当に可愛いね」

……脱力だ。

怒るだけ馬鹿馬鹿しく思えてきて目を閉じると、桐一郎が髪を撫でてくれる気配がした。彼の手はやさしい。怒りも呆れも、だんだん静まってくるくらいに。

「……六花」

呼びかけにゆっくりと目を開けると、思いがけないほど真剣な瞳と視線がぶつかった。問うより先に、問われる。

「忘れてしまったの、六花。二度と側から離してやらないって言っておいたろう?」

「それは……、覚えていますけど……」

「六花は私の体を気遣って一人で見舞いに行きたいと言うけれどね、風邪なんかより、お前と離れている方が私にはよほどこたえるということを覚えておいで」

「………旦那様、大袈裟《おおげさ》です」

「本当のことだよ」

やっぱり彼には敵《かな》わない。

六花は笑って、桐一郎の手から蜜柑を口にしたのだった。

旦那様は恋人を愛でる

ひらひらと舞い散る薄紅《うすべに》色の花びらが、風にあおられて離れの濡《ぬ》れ縁《えん》まで届く。よく手入れされている広大な庭の一角、満開の桜からの祝福。

（欧米漫遊中の教会で見た、聖母子像のようだな……）

並んで腰かけている恋人に桐一郎《とういちろう》は見とれる。

陽光を透かした栗色の髪は金色にきらめき、白皙《はくせき》の頬《ほお》には長いまつげが影を落としている。深い森を思わせる瞳は慈愛に満ちて、ふっくらとした唇はやわらかな笑みを湛《たた》えて清らかに美しい。

もともと水際立った美貌《びぼう》の持ち主ではあるが、春の光を浴びて微笑《ほほえ》む恋人は神々《こうごう》しいほどだ。――ただひとつ問題があるとすれば、彼が見つめているのが自分じゃないことだけ。

「……六花《りっか》」

「はい、なんでしょう旦那様」

呼べば返事はするものの、顔を上げない。かれこれ三十分はこの調子だ。

普段は桐一郎を最優先にする六花がこの状態になるのは、これまでは本だけだった。しかし、一カ月ほど前から対象が増えてしまった。

現在六花の腕を占領してすやすや眠っている赤子、桐一郎とは年の離れた異父弟にあたる桜二郎《おうじろう》だ。

桐一郎とて弟は可愛い。小さく、頼りなく、愛らしい姿を見るにつけても守ってやらねばと思うし、伊勢屋《いせや》と自分たちの今後の安泰のためにも大切な存在。

しかし、弟が可愛いことと恋人を独占されることはまったくの別問題である。

なんといっても今日は貴重な休日、本来なら二人きりでのんびり、しっぽりすごしていたはずなのに、最愛の恋人は桐一郎よりも弟にばかりかまけている。

「六花がそんなに子ども好きだったなんて、知らなかったよ」

ため息混じりの呟きに、思いがけない返事がきた。

「たぶん、桜二郎様が特別なんです」

「……うん？」

不穏な言葉を聞き咎《とが》めたのに、小さな口をむにむに動かして眠る赤子を愛おしげに見守っている恋人が説明してくれる気配はない。

ずっと桐一郎第一主義だった六花に、こんなに蔑《ないがし》ろにされるのは初めてだ。

思わず嫉妬半分、感心半分の声が漏れた。

「そうしていると、まるで六花が産んだ子のようだね」

「……僕に産めるわけがないじゃないですか」

「孕《はら》んでもおかしくないくらい、夜ごと私と睦《むつ》みあっているのにねえ」

軽いからかいに色白の頬がふわりと花のように染まった。数えきれないほど抱いているのに、いまだに恥じらう初心《うぶ》な恋人に愛おしさがつのる。が、続く言葉はいただけなかった。

「桜二郎様の前で、そういうことを言ってはいけません」

「寝ているだろう」

「寝ていても、です。いたいけなお耳に入れてはいけないことがあります」

真顔で言う六花は弟を大事にしすぎじゃないだろうか。じりっと胸の奥で不快感が燻《くすぶ》った。

「……妬《や》けるね」

「え」

この際だから正直に言ってしまおう、とひとつ息をついて、桐一郎は恋人に手を伸ばす。なめらかな頬を包みこみ、視線を合わせた。

「おとなげないのはわかっているが、私はこのところ桜二郎にしょっちゅう妬いているよ。六花が愛情を向けるのは私だけでいいのに、ってね」

「だ、旦那様と桜二郎様に向けている愛情は種類が違います」

「わかっているさ。だが、ほんの少しでも私はお前を他の者と分け合いたくないんだ。特に私といるときは、私だけを見ていてほしい。……呆れたかな？」

「そんなことは……」

目を伏せた恋人の頬が再び甘く染まる。可愛くて、美味しそうで、そそられる。

幸い離れの濡れ縁は母屋からは見えない。休日なのに放置されていることへの抗議と欲求不満の気持ちをこめて綺麗に染まった頬をかぷりとやると、細い肩が跳ねた。

「旦那様……っ、なにを……っんむ……」

頬を包んだ手で顔の角度を変えさせ、唇を奪う。無防備に開いた口の中に舌をすべりこませた。

綺麗で繊細な恋人は、可哀想なくらいにどこもかしこも感じやすい。甘い口内を愛撫するだけで細い体から力が抜けて、ふわりと熱を帯びる。

（可愛いなあ……）

桐一郎が与える快楽を素直に受け取り、とけてゆくのが愛おしくてならない。しっかり抱き寄せて支えながら、さらに口づけを深めた。

いつもならとっくに縋《すが》るように細い腕が首や背中に回っているところだけれど、今日はなかった。恋人の両腕は赤子に占領されているからだ。

そのことに少々不満を覚えながらも気が済むまで甘い口内を堪能し、唇をほどいた。緑色の瞳をとろりと潤ませ、息を乱して色っぽくなっている恋人と額をくっつける。

「すまないね。六花があまりにも美味しそうで、止められなかった」

「……先に謝るの、ずるいです……」

すねたように少しとがった唇に誘われて、もう一度軽く口づける。と、六花が慌てた様子で顔を背《そむ》けた。

「も、もう駄目です……っ。桜二郎様が起きてしまいます！」

「布団に寝かせたらいいじゃないか」

「それは……」

「嫌なの？　私より桜二郎とくっついていたい？　……恋人の浮気を許せるほど私は心が広くないんだけど、どうしようねえ」

「う、浮気なんてしてません」

半分冗談、半分本気の脅《おど》しにうろたえた恋人が可愛く言い返してくれた矢先、弟がむずかる声をあげた。

「あっ、すみません桜二郎様……！　うるさかったですか」

よしよし、と六花が抱き直した赤子の背中を軽くぽんぽんしながら腕の中で揺らす。せっかくこっちに向いていた関心がまたもや弟のものになってしまった。

本日何度目かのため息が出た。

「弟のくせに、兄の恋人を横取りしようだなんていい度胸だね」

「何を言ってるんですか」

笑った六花の腕の中で桜二郎はまだぐずっている。赤子とはいえそれなりに重く、ずっとあやしていると疲れるものだ。六花の腕も痛んでいるのではと気づいた桐一郎は手を差し出した。

「代わるよ。桜二郎もそろそろ兄にだっこされたいだろうしね」

「そ、そんなことないと思います」

まさかの拒否。しかも、渡さないといわんばかりに弟を桐一郎から遠ざけている。

「……そんなに桜二郎がいいの？　本当に浮気されてる気分だよ」

抑えきれない不機嫌が声の低さに滲《にじ》んでしまうと、「違います……！」と六花が慌てた様子でかぶりを振った。

無言でじっと見つめると、ためらうような間があってからようやく小さな声を発する。

「その……、旦那様の腕の中は、僕のなので……」

最後まで言い切れずにうつむいてしまったけれど、見えている範囲は真っ赤だ。一気に不機嫌が霧散した。

「桜二郎にも譲りたくないの？」

「……我が儘を言って、すみません」

ますます六花がうつむくけれど、こんな我が儘なら大歓迎だ。桐一郎はにっこりして自らの膝をぽんぽんと叩く。

「じゃあ、六花がここにおいで。二人で桜二郎の面倒をみよう」

「え、で、でも……」

「早く」

急《せ》かすと、戸惑った様子ながらも六花がおずおずと膝にのってきた。イタリアの血が入っていても母親が小柄だったせいか恋人はいまだに華奢《きゃしゃ》で小さい。すっぽりと桐一郎の腕の中に収まる。

「最初からこうしていたらよかったな」

機嫌よく呟いて、ぐずる弟ごと膝に抱いた六花を揺らす。揺りかごを気に入ったらしい桜二郎がご機嫌な声を上げた。

「可愛いですねえ」

「本当にね」

心から同意してやわらかな栗色の髪に口づけを落とせば、桐一郎が愛でている対象を正確に察した恋人が照れと喜びがないまぜになった笑みを見せて胸にもたれてきた。うん、やっと休日らしくなった……と桐一郎も笑みを零す。

「……それで、どうして桜二郎は特別なんだい？」

魚の小骨のように心にずっと引っかかっていたことを改めて問うと、今度はちゃんと答えがきた。

「桜二郎様は、旦那様のお小さいころにそっくりらしいので……」

「私に？」

どういうことかと思えば、おヨシをはじめとする伊勢屋の古株たちが「桜二郎様はかつての桐一郎様にそっくり」と言っているのを聞いて、六花は干支《えと》が一回り近く離れている年上

の恋人の過去の姿を桜二郎に重ねて見るようになったらしい。

そうしたら、もともと可愛い赤子がもっと可愛く、愛おしくなったとのこと。

「それでわざわざ、休日に子守りをかって出たのかい？」

「母屋のお掃除が終わるまでですけど。桜二郎様はよくお乳を飲み、よく眠るよい子だってみんながお世話したがっていますから、なかなか抱かせてもらえないんです」

「それは幸いだ」

呟いて、顔全体であくびしている弟の頬を指の背で撫でる。

これ以上この子に恋人の関心と時間を奪われたら、いくら自分の面影を重ねていると言われても本気で妬いてしまうからな……などと思っている桐一郎の狭量さなどつゆ知らず、弟の小さな手に自分の指を握らせた六花がぽつりと漏らした。

「……旦那様は、よい父親になりそうですよね」

「いや、無理だろう」

「え」

緑色の目を丸くする恋人に、にっこりして告げた。

「子どもがいたら六花をひとり占めできなくなるだろう？　短時間の子守りでも桜二郎に嫉妬してしまう私がよい父親になれるとはとても思えないよ。だから六花、私の子を孕めないからってお前が気に病む必要はまったくないんだ」

「……！　気付いてらしたんですか」

「まあね。六花はわかりやすいから」

「すみません……」

「どうして謝るの？　勝手に不安になったのを黙っていたから？」

「勝手にって……」

「だってそうだろう？　話してくれれば私はいつだって、いくらだって六花しか愛していないことを伝えてやれるのに」

くしゃりと髪を撫でて、上向かせた唇に口づける。赤子の前でしたことを叱られるかと思いきや、美しい緑色の瞳を潤ませた恋人はそっと胸に頬を寄せてきた。

「……ありがとうございます。僕も、桐一郎様だけを愛しています……」

「六花……」

舞い散る花びらの中、ひときわ色づき、そそる花色の唇に再び唇を重ねようとしたら、その前に「ん……っ」と甘い声を漏らした六花が身をすくめた。

目を瞬いた直後、恋人にそんな声をあげさせた犯人に気づいた桐一郎の眉根が寄る。

「桜二郎……」

不穏な低い呼びかけに、ぱちくり、とつぶらな瞳を見開く弟は無邪気そのものだ。ちゅっちゅっと六花の指を吸っている。

「お、おなかがすいているのかもしれませんね」

赤くなって目を泳がせる六花は、赤子に指を吸われて色っぽい声が出てしまったのが恥ずかしいのだろう。

恥じらう姿は可愛い……が、ただでさえ限界間近だった桐一郎の堪忍袋の緒には最後の一撃が与えられていた。指を吸わせたままなのも許しがたい。

にっこり、腹の中でとぐろを巻く感情を覆い隠す笑みを見せて、桐一郎は六花の手から少し強引に弟を抱き上げた。

「では、母上のところに返して差し上げないとね。六花の胸はとても愛らしくて感じやすいけれど、お乳は出ないだろう」

「……っ旦那様！」

真っ赤になった恋人に叱る口調で呼ばれたけれど、聞こえないふりで濡れ縁から立ち上がる。しゃぶっていた指を取り上げられた弟が泣き声をあげかけたけれど、根付《ねつけ》を握らせたら機嫌が直った。

大股で母屋に向かいだした桐一郎のあとを慌てて六花が追ってくる。

「旦那様、何か怒っていらっしゃいます……？」

「そんな風に見えるかい？」

「お顔は笑っていますが……、雰囲気が、なんとなく……」

「そう。察しがいいのはいいことだよ。心の準備ができるだろう？」

「え」

目を瞬く恋人に、にこやかに告げた。

「あとで教えてあげようね」


障子越しのやわらかな光が陰影を濃くする室内に、庭から鶯《うぐいす》の声が届く。舞い散る桜の花びらは入ってこない。離れの戸を閉めきっているからだ。

「桐一郎様……っ、明るい時間に、こんな……っ」

「こんな？　まだ口づけさえしていないのに、六花はおかしなことを言うねえ」

言葉通り、弟を母親に渡して離れに戻ってきた桐一郎は六花を腕に抱きながらも口づけはしていないし、互いの着物だって乱していない。

ただ、ほっそりした手から腕を丁寧に撫で回し、指を口で愛撫しているだけだ。指先に舌を絡め、吸い上げ、軽く歯をたてる。

全身感じやすい恋人はそれだけで小さな声を漏らし、身を震わせる。腕の中で徐々に体温を上げてゆく。

「ご、ごめ……っなさい……っ」

「何について？」

熱い吐息混じりの謝罪に斬りこんだら、潤んで宝石のように美しく色を深くした瞳で恋人が見上げてきた。

「せっかくのお休みの日に、桐一郎様を、放っておいて……」

「それから？」

「……それだけです」

「ふうん……？」

まだあるよね、という気持ちをこめて桃色に染まった指先を甘噛みすると、びくっとした六花が逆に責める目を向けてきた。

「さっきのは、桐一郎様も悪いんですからね……っ」

「うん？」

聞き返すと、真っ赤な顔で恋人が可愛い言い訳をする。――さっき弟に指を吸われて変な声が出てしまったのは、その前に桐一郎にされた口づけで感じやすくなっていたせいだ、と。

「ふむ……、それなら仕方ないね」

「許してくださいますか……？」

「今回だけだよ。六花は頭のてっぺんからつま先まですべて私のものなのだから、不用心にほかの男にさわらせないように」

忠告すると、眉を下げて苦笑しながらも頷く。

赤子の弟にまで妬くなんて、と思われているのは明白だけれど、赤子は成長してそのうち大人になる。

やさしくも芯は強く、控えめでありながら有能で、年を重ねるにつれていっそう美しくなる恋人は、困ったことにいまだに自分の魅力をちゃんとわかっていない。

やっぱりこれはちょっとお仕置きかな……と甘嚙みしていた細い指を吸ったら、身を震わせた六花がもの言いたげな切ない眼差しを向けてきた。

「……ほかにも、吸ってほしいところがあるの？」

着物の下の感じやすくしなやかな恋人の肢体には、毎晩のように桐一郎が残している無数の痕《あと》がある。

どこがいいか口に出させるお仕置きもいいなと思いながら鎖骨から胸のとがり、平らな腹部、その下へと恋人に意識させるようにゆっくりと撫で下ろしていたら、びくびくといい反応を見せていた六花が意を決したように顔を上げた。

「唇を……、」

甘やかな恥じらいと、熱望を含んだ最愛の恋人の囁き声。――これには敵《かな》わない。

胸に溢れる愛おしさに自然な笑みを浮かべて、桐一郎は淫らで怠惰で幸福な休日を二人で堪能するための口づけを与えた。

あとがき

こんにちは。または初めまして。間之あまのでございます。

このたびは拙著『旦那様は恋人を拾う』の新装版をお手に取ってくださり、ありがとうございます。通算二十六冊目のご本は、二〇一二年に花丸文庫様から同タイトルで出版していただいたデビュー作の書き下ろし付き新装版になりました……！

今作はもともと投稿作だったのですが、雑誌「花丸」さんで思いがけずに投稿作としてではなく前後編で、香咲先生のイラストで初掲載していただけることになり、その後、読者様のお声のおかげで佳門サエコ先生のイラストで文庫化が叶い、さらに新品での入手が困難になったころから出版社さんにリクエストしてくださった方々のおかげで新装版が実現したという、本当に驚くような幸運と応援に恵まれた作品です。

個人的にも特別な思い入れのある、大切な作品なので、改めてお届けすることができて幸せです。このような僥倖をいただけたのも、ひとえに旧版をおもしろいと言ってくださった方、出版社さんに新装版のリクエストしてくださった方、いつも応援してくださる方、太っ腹なルチル文庫様と担当様のおかげです。本当にありがとうございます……！

じつは時代ものはジャンル的に人気がないらしいのですが、現代ものでは成立しづらい世界が描けるので個人的には一種のファンタジーとして大好きです。もし今作を読んで「こう